ピュタン

－偽りのセックスにまみれながら真の愛を求め続けた彼女の告白－

PUTAIN

ネリー・アルカン

松本 百合子 訳

by Nelly Arcan

translation by Yuriko Matsumoto

私には人に向かって話しかける習慣がない。私が話すとき、それは自分に向かって話すだけ。だから、誰の邪魔もしないし、誰にも邪魔されない。そもそも、私がなにか話せば、みんなをぞっとさせるだけ。私はケベックの外れの小さな村で生まれて、宗教色の濃い教育を受けて、教師はみんな修道女で、おもしろみのない、神経の高ぶった女たち、母親と呼ばなければならない女たちだった。ジュリーならシスター・ジャンヌ、アンドレならシスター・アンヌといった具合に偽名を名乗る女たち、生まれた子どもたちに名前を付けても、神様のもとで生きるにふさわしい名前を決められてしまう両親の無力さを私に教えた女たち。そして、私についてもっと知りたいとすれば、私はきわめて普通で、勉強もできるほうで、敬虔なカトリック信者の多い田舎で、統合失調症の人たちを悪魔払いの儀式で治せるように司祭のところに送り込み、日々のささやかな喜びがあれば、つまり、信仰さえ持っていれば人生はとても素晴らしいと思っている人々の暮らす田舎で育った。あとはなんだろう、十二年間ピアノを習っていて、みんなと同じように都会で暮らすために田舎を離れたいと望んで、ピアノに触れもしなくなったときからバーでバイトを始めて、それまで私を定義づけていたものをすべて捨てるために、勉強も続けて、作家になることを望んで、未来に期待して、あちこちで浪費をし、私の小学校のシスターたちが修道会に仕えるために見事にやってのけていたように自分を犠牲にするために、大人たちにこのすべてを同時進行させることができると見せるために娼婦になっていった。

時々、小学校の夢を見る。ピアノの試験のために学校に行くのだけれど、いつも同じこと、自分のピアノが見つからず、楽譜も一ページ欠けている。何年も前から一度も弾いていないと自分でわかっていて、この年になって何事もなかったように小学校に行くなんておかしいし、シスターの前でもう弾けなくなってしまった姿をさらして恥をかかないように、引き返したほうがいいと囁きかける声もする。シスターはずっと前から私がピアニストになることはないし、鍵盤を叩くことしかできないと知っていて、私が弾いても弾かなくてもどうでもいいのに。

誰かが咳払いをするたびあちこちに響く赤煉瓦の小さな校舎で、教室から教室に移動するときには小さい子が前で大きい子はうしろになって列を作らなければいけなくて、私は一番小さくなくてはならなかった。なぜかわからないけれど、それがまるで合い言葉のようになっていて、先手を打つために、大きい子たちと小さな子たちの真ん中ではさまれないように、一番前にいなくてはならなかった。学期の始まりにシスターが列の順番を決めるとき、私は絶対に一番前になれるようにスカートに隠れた膝を少し折っていた、というのも、私は小さかったけれど、一番背が低いわけではなかったから、この選択された位置を確保しておくためには実際の身長を少しだけ低くする必要があったのだ。

それに私はおとなが大嫌いだった。おとなからなにか言われるたびに、めそめそ泣いた。だから、なるべく顔は見ないようにして、ちょうど目の高さにある肉づきのいいお腹しか見ていなかった。お腹なら話もしないし、なにも要求してこない。シスターの丸い腹を見ながら、いつもげんこつで殴ってやりたいと思っていた。

そして今、私はもう小さくしている必要から脱している。むしろ背を高く見せるようにと何年もの間、底の厚い靴をはいて過ごした。とはいっても、背が高すぎるのはだめ、私の客たちと対面するためのちょうどいい高さでないと。

よく考えてみると、私には母親がたくさんいすぎた。偽名を付けられた献身の模範的存在がたくさんいすぎた。でもひょっとするとシスターたちは名前にこだわりすぎる神様のことをそれほど信じていなかったかもしれない、というか、心底、信じていたわけではなくて、彼女たちはもしかすると単純に家族から離れるための言い訳を探していたのかもしれない。自分たちが世の中に生まれてくることになった行為から解放されるために。まるで神様は父親と母親から生まれてきたことを知らなかったかのように。神様には、両親が選んで付けた名前、ジャンヌやアンヌのうしろに隠そうとしていることを見ることができないかのように。

　私にはこうしたシスターと呼ばれる信心深い母がたくさんいたけれど、でも、本当の母親はというと、影が薄すぎた。というのも、母は一日中、ベッドに伏しているから娘に声を掛けることもせず、娘の世話を父親まかせにしていたからだ。

　シーツの下のからだの形と、枕の上で丸まった猫のような、半分しか出ていない頭を、今でもよく覚えている。しだいにぺちゃんこになっていく母の残骸。母がこの世に存在するかどうか、それを知る手がかりは、シーツからのぞく髪の毛だけ。母に掛かっているシーツと母の違いを知る手がかり。そして、この、髪の毛の時代はおそらく三、四年は続いた、と思う。私にとっては、「眠れる森の美女」の時代。母が密かに老いを進行させていたとき、私は子どもでもなく、思春期へと成長しかかっていた頃、髪の色が変わり始め、恥骨に黒い毛がちらほらと生え始めた頃。私は母が完全に寝ていなかったことには気づいていた。真っ青なシーツの下でかたまっているからだの形を見れば、半分しか眠っていないのは一目瞭然だった。カーテンも引かずに、四つの大きな窓から光がさんさんと差し込んでくるというのに、眠れるはずがない。しかも、時々、シーツの下で発作的にからだを動かしたり、わけもなくうめいたりもしていた。

そして私には、眠らない父がいた。父は神を信じていた。それしかしていなかったように思える。神に祈り、神について話し、どんなことにも最悪の結果を予想する、悲観的な父。食事中、テレビのニュースを見ながら、「発展途上国では飢餓で死んでいく人間がたくさんいるっていうのに、ここでこんなふうに、のうのうと暮らしているのは恥だ」と言うのが口癖だった。それでも私は父が好きだった。父も私をかわいがってくれていた。二人分、三人分かわいがってくれた。かわいがりすぎるあまり、降り注がれるような愛を前に恩知らずになって自尊心の塊になってしまうところだったけれど、幸い、父には神様と発展途上国という、力を注ぐべき重大な関心事があったおかげで私にも少しは自由があった。

ある日曜日のこと、いつものように母がベッドで寝ているあいだに、私は父とふたりで教会に行き、太陽の日差しが差し込んでくる最前列の席に並んで腰掛けた。聖体のパンを受け取った私は、本当はその場で飲みこまなくてはいけないのに、なぜかその日はポケットに忍ばせて家の寝室まで持ち帰り、本にはさんでベッドの下に隠した。そして、毎晩、こっそり取りだしては、パンがまだそこにあるかを確かめた。うすっぺらで白くて小さな円形のパン。神様がこの中にいるの？　こんなぺっちゃんこなパンの中にいるの？　私は不思議でしかたなかった。次の日曜日、私はこの秘密を父と共有したくて、本のあいだに隠しておいたパンを、ちょっと得意になって見せた。「見て、パパ、私のしたこと、見て、パパ、私のしなかったこと」。すると、父は、「こんなことするなんて、神への冒瀆だ」と言って、私のほおを殴りつけようとした。この日、私は神様より、人間を信じて生きていこうと決めた。

私には姉がひとりいる。といっても一度も会ったことがない。私が生まれる一年前、姉はたったの八カ月の命でこの世を去ってしまったのだ。名前はシンシアだった。父の話なので信憑性には欠けるけれど、笑い方や、「ママ」と呼んだりするときに個性が現れるのは四、五歳になってからで、しだいに両親の影響が加わって、学校の校庭で叫んだりするときも親と同じようになって、いずれは親より勝っていくのだけれど、いずれにしても時間が掛かるので、八カ月で亡くなった姉には、性格的な特徴はなにも残っていない。それでも姉は家族のテーブルの上に漂っていて、誰も口にはしないけれど、姉はそこで育って、私たちの食事中の沈黙の中に住み着いて、姉は父のいうところの発展途上国となった。それでも死んでしまったことで、姉はすべてを手にし、あらゆる未来を可能にした。

両親は、姉が生きていれば村一番の美人になっただろうし、女医にもなれたし、クラシック歌手にもなれただろうと、いつも言っていた。つまり、私のなれないものすべてに、姉なら、なれたわけだ。あまりに幼いうちに、無垢のまま、味もそっけもない人生の幕を閉じたのだ。でも、もし姉が生きていたら、私は生まれていなかっただろう。大事なのは、その点だ。姉の死が私に生を与えたのだ。

でも、両親のひとりしか子どもはいらないという計画に反して奇跡的にふたりともそろっていたとしたら、私はきっと姉によく似た妹になっていたと思う。年子といっても、幼い子どもにとっての一年の差は大きい。私はきっと姉のいうことをよく聞いて、なんでも姉のすることを真似して、姉のあとを追いまわしていただろう。

私はシンシアのことは決して話さない。だって何も言うことがないから。でも、私は娼婦になったとき、シンシアと名乗った。これは重要なことだ。なぜなら、客が私の名を呼ぶたびに、客は死者たちのあいだにいる姉を呼ぶことになるのだから。

私自身の人生もあった。母とも父とも姉とも関係のない人生。女友達、音楽、失恋、流行の髪型、試験の結果や太りすぎ、小さすぎるのではないかと思って泣き、自分よりきれいな友達を見て泣いていた私。

そして、都会と大学があった。家を出て、都会のアパートで、生まれて初めてのひとり暮らし。両親は私がさびしくないようにといって、シャム猫を買ってくれた。両親はきっと私とこのメス猫は同じベッドに寝て、癒し合う習慣ができると思ったのだろう。めまぐるしく新しいことが起こる生活で、この猫だけが妙に安定した存在だった。いつも眠そうにしているこの猫を見ながら私は、人は可能性が過剰なときも苦しみ、地下鉄で乗り換えの回数があまりに多いことにも苦しむのだと理解した。この猫の名前はザズー。ブルーの目は寄り目で、これ以上ないほどブルーで私の目の青さと一緒だった。私の通るところに寝転がっているという理由だけで、ささいな理由で、私はこの猫を叩いていた。

私がアパートに落ち着くまもなく、父はアパートの各部屋に十字架を飾りにきた。「毎日、身近に神を感じているのは、生きていくうえでとても大切なことだ。十字架がないと、おまえのそばから神様がいなくなってしまうかもしれないんだぞ」なんて口ぶりだけは、いかにも娘を心配しているふうだった。神様を信じていないのに十字架をつけている人はやまほどいるのに。彼らは美的な目的で付けているのに。なぜって、今は物事をきれいにすることしか考えない、車も宗教も同じ。でも、父の本当の目的は違う。そのくらい私にもすぐにわかった。誰がずかずかと入りこんでくるかわからないひとり暮らしの娘の部屋で、たとえ、その場にはいなくても父親としての存在を誰の目にもはっきりと見せ付けようとしたのだ。

父は十字架に身を隠して私の暮らしを監視できるとでも思ったのだろうか。

やせこけたキリスト様に聞かれることなく、見られることなく、いかなることも起きてはならない、ということ。でも、神様のために死者が出るなんて、まったく理解できなかった。

父は顔を合わせるたび、都会の恐怖についてくどくどと話して聞かせた。娼婦、同性愛者、成金、芸能人、弱者に冷たい法律、考えられないような大惨事、様々な言語が交じり合う不快な騒音、春の雨で泥だらけになる道路、醜い近代建築……。私の通う大学は教会が正面入り口のかわりをしているが、それも父は気に入らなかった。まるで私がそのことに関わっているみたいに、神の加護を受けていない、神様不在の十字架のように一部が欠けた教会。しかも、大学を一歩でると、そこには夜な夜なディープなショーを繰り広げている店もあって、教育と売春のあいだに一歩しかなければどこに行けばいいのだと、不満を通り越して憤りさえ見せていた。実際、入学してすぐによく講義を受けていた教室の窓は、ピンク色のネオンがちらちら光るバーに面しており、そのために、授業中、私はセックス労働者のことばかり考えてしまうこともしょっちゅうだった。セックス労働者……我ながら良いネーミング。小麦粉の生地をこねる仕事と同じように、太古の昔から存在したお仕事。でも、快楽を提供するって本当に根気のいる仕事だし、ものすごく努力を要する重労働。ちょっと高めのサラリーを受け取ったって当然だと思う。裸のダンサーが踊りを披露するバーと、学生が教師の話に耳を傾ける大学が隣り合っていても、私の学生生活にはなんの障害もなかった。障害どころか娼婦の集団が発する甘い快楽の匂いに急速に惹きつけられ、その魅力に抵抗せずにいるにはどうしたらいいだろう。抵抗するには距離が近すぎた。気持ちの良い天候の日が続いていた。春に絶望的になり、行動を起こすのはやむを得ないことだ。大学一年の春。田舎くさい洋服を脱ぎ捨てたいと願っていた私に、チャンスが訪れた。

いつだって人の指示に従って行動し、名前まで付けられ、言っていいことと悪いことも人から決められ、命令を下されることに慣れていた私にとって、売春の世界に足を踏み入れるのは、ちっとも難しいことじゃなかった。一番小さくて、一番その気にさせられる女の子であることは自分でもわかっていた。大学に入ってすぐ、生活費を稼ぐためにホステスとして働き始めたバーには、女にまとわりついてくる男がたむろしていた。チップをはずんでくれる客には、他の男よりちょっとだけ余計にサービスしなくちゃならないのだけど、それを積み重ねていくうちに、客とのあいだに暗黙の了解のようなものが生まれて、私は自然とホステスから娼婦へと移行していった。

今、振り返ってみると、娼婦になる前からもともと人は私を娼婦とみなしていたのだし、男を誰よりも、刺激的に、効果的に勃起させられると、なぜか自信を持っていた私にとっては、とても自然な成り行きだった。

娼婦のお仕事を始めるためには、「ガゼット」という名の英字新聞を開いてエスコート・サービスに電話を一本入れるだけでよかった。私は数ある電話番号の中から、モントリオールで一番と評判のエージェントを選んだ。最高級の客に最高級のサービスを提供するこのエージェントは、みずみずしい若い女の子しか雇わない。男の富は、いつだって女の若さとセットになっている。大学一年でまだまだとても若かった私は当然のことながら大歓迎された。初日、わざわざアパートまで迎えに来てくれたエージェントの人に案内された部屋で、その日からいきなり続けて五〜六人の男の相手をした。「新人はとても人気があるのよ、別にきれいじゃなくてもね」と言われた。

たった一日、その部屋で過ごしただけで、私はずっと昔からこんなことばかりしてきたような、そんな気になった。一日で一気に老けてしまったような気分にもなった。でも、お金はたくさん手に入った。秘密を共有できる女の子たちとは友達になった。といってもその仲間意識は共通の嫌悪感、客たちに対する憎悪に起因していた。それでもいったん売春の場から出てしまえば、私たちはふつうの、社交的な、敵対心を抱く女の子になった。

私はみるみるうちに老けていった。自分の人生を費やしているこの部屋で、次から次へとやってくる男たちに服従しているだけじゃなくて、なにかしなきゃいけない、と思いたったとき、なぜか私は精神分析医のもとに通い始めた。ソファに横たわり、口をきかない分析医に向かってしゃべり続ける。そうでなくても日がなベッドの上で客と寝そべっているというのに、どうしてよりによって客と同年代の医師のもとで横たわって過ごすことなど思いついたのだろう。

父と同じような年齢の男たち。しかも、私は言いたいことがうまく言えないのを恐れるあまり、うまく話ができず、医師も押し黙ったままだった。結局、分析はなんの役にも立たず、もうこんな無駄な時間を過ごすのはよそうと思ったとき、そのかわりに書いてみたらどうだろうと思いついた。

ずっと固く口を閉ざしてきたこと、つまり、誘惑したいという欲求について。その欲求の裏側に隠されていることについて。私は幼い頃から常に、異常なまでに、誰かに望まれる自分でありたいという欲求を抱えていた。そもそも、過剰なまでの売春行為に走っているのは、この欲求がそうさせているのだと思う。こうして書きながらでさえ、人から気に入られようと意識している。人に伝えるには、いくつかの適切な言葉があれば十分なのに、その裏にあることを伝えたいばかりに言葉を飾ろうとしてしまう。作家になりたいと願うのであれば、書きながら力をつけていくしかないのだけれど、書けば書くほど、心の奥底で解決したいと思っていることに思考が吸い寄せられ、わだかまり、心のつかえが問題としてくっきりと浮かび上がり、そのことで頭がいっぱいになってしまう。つまり、寝てばかりいる母と、世の終わりを待ちわびている父、そのふたりのあいだで生き延びていく私の戦いにまつわる問題が。

というわけでこの本は全体が進歩のないくどくどした反芻と、スキャンダラスなまでに私的な次元からなる組み合わせとなっている。私の頭の中でしか言葉は練り歩くことができず、しかも登場人物は極めて少ない。父と母と姉の亡霊。自分を見失ってしまわないように、一本のペニスに凝縮すべき客たち。それでも、私の胸のさらに奥底に潜んでいるものを呼び起こしてみれば、普遍的な、どこか時代遅れで押しつけのようなものもある。私たちはみな、踏み込んできてほしくもないところにまで巧みに手を組み合ってあちこち出没する二、三人の顔、二、三人の専制君主の罠にはまっているのかもしれない。

私が他の女たちに抱いている強迫観念には不倫快なものがあると、人から時々言われる。いつも同じことの繰り返しだと。女たちが男を勃起させるのに成功したとき、どうしてやさしく微笑んで素直に賞賛できないのかと。私も同じ女だし、ましてや娼婦なのに他の人にはチャンスをあげられないのかと。確かに私は女たちを軽蔑しているかもしれない。

女性蔑視はなにも男たちだけのものじゃない。でも、私が女たちのことを、虫けらとか、お人よしのノータリンとか、娼婦とか呼ぶのは、なにを隠そう、私は女たちが怖いからだ。だって私にはセックスしかあげられるものがないのに女たちは私のセックスを欲しがらないし、女たちは決まって私のことを、私のいたくない場所、元いた場所に連れ戻そうとする。

女たちが書くものも嫌い。女たちの書いた本を読んでいると、自分の声を聞いているような気がしてきて、すごくいやだ。ちっとも気晴らしにならない。ひょっとすると、女たちが本質的に持っている、不愉快でない部分を受け入れるには、私は女たちと近すぎるのかもしれない。自分のことを作家と名乗れる女たちがうらやましい。でも、彼女たちだってきっと、私のように、ふしだらで、本質的には娼婦に決まっている。

でも、私のことは心配しないで。いつかもっと成長して、私としては読みたくないようなものを書いている女流作家の仲間入りをするまで、ずっと書き続けるつもりだから。

そう、これは現実に私が体験したこと。夢じゃない。私のベッドに、私の口の中にやってきたこの男たち、何千という男たち、私に、私の顔に、私の目に飛び散った精液のことも、でっちあげじゃない、実際に経験して、今も続いている。夢でも幻想でもなく、まぎれもない現実。それも、ほとんど毎日。男の先っぽ、先っぽだけ、でも、それは、私に興奮して勃起するわけじゃない。一度だって私に興奮したことはない。私の売春という行為に、売春をする私が彼らの手の届くところにいるから、その娼婦にフェラをしてもらえると思うから興奮しているだけ。私は、まるで胸につかえていたことを吐きださせてやるようにフェラしまくる。それでも私は彼らの吐き出すことにはまったく関係ない。だって、彼らは別に私でなくてもいい。他の女の子でも、最悪、ダッチワイフでも写真や絵でもかまわない。彼らのために開いた口、歪んだ顔、かたくなった乳首、痙攣《けいれん》して濡れた割れ目なんかを、夢中になってもぐりこんだシーツの下で想像しながらイク。

男は私も同じように興奮していると思っているようだけど、それはとんでもない勘違い。そもそも男が、女の先端部は自分たちのためにあると思っていることや、敏感な部分に感動を与えられるのは自分たちだけだと信じていることじたいが間違ってる。

私のからだを動かすのは、私自身ではなくて男たち。「腰を曲げてくれ」「四つんばいになってくれ」。男に要求されて初めて、私のからだは動きだす。声を出したとしても、私の本当の声じゃない。男の期待に応えてあげるために演技して出す声だと自分でわかっている。もだえるような声を耳元に吹きかけて男の神経を竿に集中させて、私の割れ目にもがんばって音を立てさせ、すんなりと男が突入してこられるようにしてあげる。正直に言うと、私も時々感じる。絶対に感じないなんて言ったら嘘。自分の声に納得できるとき、自然に、欲するままに叫び声が出て来たとき、ふと頭に浮かんだ歌を歌ったら、たまたまぴたっとはまったり、タイミングよくアイデアが浮かんだり、本当にここにいて良かったと思えたとき。「なぜ生きなきゃいけないかを知る」ために、私の父たち、私の教師たち、私の託身たち、私の娼婦のからだを通り過ぎ、私のからだにしてくれる預言者たちの悦びのためにここにいるのだと感じたときに。

私には、こうした男たちが私を見るとき、私の何を見ているのかわからない。毎日、鏡の中で探してみるけれど、見つけられない。彼らが見ているのは私ではない。おそらく私ではない。誰か別の女性。壁の色をした、様々に変化する曖昧なフォルム。それに、自分がきれいなのかどうか、年はいくつなのか、まだ若いのか、年を取りすぎているのかどうかもわからない。豊かな胸があって、しなやかなからだの線があって、伏し目がちにする才能もあって、つまり、ふつうに人が女性を見るときのように私のことも見ているのだろうけど、女というのは他の女と比較されなければ女ではない。他の女たちの中の女、よって、男たちが私と寝るとき、彼らは女の大群と寝るのだ。私が迷いこんでいるのは、この女たちの集団の中。迷える女たちの中に自分はいる。

お金で買ってくれる男にからだをささげているあいだに私がすること、それは私の評判をあげてくれる女らしさに磨きをかけること。そもそも私はそれしかしない。女らしさについては、けっこう自信がある。これぱかりは学校に通ったり、その手のマニュアル本を読みあさって身につくものじゃない。実践とかテクニックの問題じゃなく、生まれつき持ちあわせた、限りないしなやかさ。たぶん、私にはそれがある。そう、私は女らしさというのは、どこまでもしなやかであることだと思う。これは自分で維持していかないと失われてしまうもの。

もし私が、考えつく限りの様々な状況の中で、恐怖にしろ、喜びにしろ、倦怠にしろ、どこかに倒れこんでしまうとしたら、それは、座っていても、からだを横たえていても、しなやかだから。からだのどこか一部が床から浮いているような感じ。本当なら、椅子やベッドから転げ落ちて、床に空いた穴から地下の深みに、さらに深い底へと、永遠に転げ落ちていくべきなのだろう。腕も、足も、頭も、女として持っているものすべてを置き去りにして、どこまでも落ちていけたらいいのに。そうすれば残るのは、束縛から解放されたプリンセスの心だけ。男たちの知らない空にたどり着きたいと願う心だけだ。私にとってはすでに、無意味だけれど、はちきれそうにどきどきしているその心がどんなものか、想像がつく。

習慣を作るには数日もあれば十分だった。ペンフィールド通りの家具つきアパートの部屋に毎日のように通い、だれかれかまわず売春することに慣れるまでには数カ月あれば十分だった。さらに、これまでの人生はこれでおしまいと理解するには二、三人と寝るだけで十分だった。次々と目の前に迫ってくる、そそり立つペニスの罠にかかってしまったと知るには、最初の一回で十分だった。

そして今でも私は同じことをしている。壁があるのを知らずに、死に向かって歩き続ける機械仕掛けの兵士のように、転がっても宙で足を動かしている兵士のように、妙な確信を持って毎日、毎日、同じことを続けている。なんという粘り強さ、なんという確信。のどの奥までぐいぐい押しこまれると、悲しくもないのに涙があふれてくる。早くイッてくれないかな、頼むよ、もう勘弁してよ。イッたあとも、口に含むことはできない精液の苦みを感じながら、私は頭の中でひとりしゃべり続ける。仕事はしっかりしなくちゃいけないから。放出は予告なしに訪れることが多い。イクと男は死んだふり。これ以上、なにも期待していないかのような静寂が訪れる。私にとっては喜びの瞬間。だって、これでお仕事が完了した証拠だもの。からだをしならせる体操も、涙も、見せかけも、つかの間の女優業も、これでおしまい。

ところが、一度で終わらないことがある。しかも、二度目はアナルセックスをしたがる。指や舌先で愛撫しながら、男が私の準備を始める。痛いし、気持ち悪いし、はっきり言って嫌いだけど、絶対に私も喜ぶという確信を覆すことはできない。どうせ私がノンと言っても男たちはウイと言う。「痛いからいや」と言っても、男は「やさしく、ゆっくりするから心配ないよ、本当さ、絶対に気持ちいいから、痛くてもわずかだよ」と言うだけ。男たちの悦びに比べて、この、悦びに近い痛みはどれほどのものだろう。私が痛いと言うとき、痛みとはなんだろう、足を宙に投げ出して男たちの首という首に、ペニスというペニスにぶら下がり、私を生かしも殺しもする力に突き動かされたからだで、望んだり、考えたり、決めるということが何を意味するだろう。もし私がベッド以外のところで、命令なしでは叫ぶこともからだを動かすこともできないとしたら、おそらく言葉が、叫びに満ちた言葉たちが男たちを叩きのめすことができるかもしれない、いいえ、世の中全体を。女たちも。なぜなら、私はからだを売って人間らしさを拒否しているから。父、母、もしいたとしたら私の子どもたちも。あ、自分が不妊症であることを忘れるところだった。私のからだは焼き尽くされて、世界中の精子をかきあつめても私の中にあるなにものも目覚めさせることはできない。

今のところ私は二十歳という年齢と青い目、曲線美、下から見上げる視線、ブロンドの髪、ブロンドにしすぎてほとんど白とも言える髪で、完璧な自分を作っている。でも人生はそれだけじゃない。私に投げかけられる熱い視線のもとで倒れ込まずにどう歩いたらいいのか、鏡では見ることのできない自分を見ている視線、ブティックやカフェのまやかしの鏡、ほんもの以上に見せてくれる鏡、私は彼らの中ではもはや存在しない、人は私のことを見ることなく私の周りを動き回っている。私の性器が十分な明確さを伴って現れていないのだ、化粧も不十分。いえ、装いが必要、飾らない自分ではいられないのだから、もうひと塗り。みんな私が女だってことはよくわかっているけれど、誰も間違わないようにもう一度しっかり見せなければ。飾っていないもの、生まれたままのからだは絶対に見られないように。からだに残るボディケアの跡、男に脱がされる洋服、ねっとり口紅を付けた唇、コルセットがはちきれんばかりの胸、厚化粧とカールした髪で、男たちを勃起させなければ。

人から指摘されたことだけれど、私の女たちの見方は男のようだという。息を止めて、思考もストップする。熱心にじろじろと見てしまうのは、私に欠けているものを彼女たちが持っているのではないかと、何かしら見つけようとするからだ。私に見えないもの、あるいは持ち得ないものを。欠点も見つけたい。いつもがっかりさせられる小さな欠点。だって他人の欠点というのは時としてとてもチャーミングで、興奮させるし、美しいと言ってもいい。人間味を持たせるためにはその点に執着すべきだ、彼女たちがふつう以上にもっているものを失わせるために。

彼女たちもまた、私と同じように男視線で私を見ることができるだろうか。私を見つめる女性を、私は見返せるだろうか。こんなことが起こると、目がちくちくする。人にはわからないように挨拶し合う。盲目の魔女たち、嫉妬深い姑たち。

鏡よ、鏡よ、鏡さん、世界で一番美しいのは誰？　もちろん私じゃない、私のはずがない、だって私に話しているとき、他の女性のことばかり。私は話題を独占できるほどの女じゃない、客たちは他の女たちの話しかしない、彼女たちのやり方、彼女たちの腰回り、胸、唇、髪の毛からお尻、長い足のことまで。私はひとりのとき自分のからだを見ながら腰回りや足を探してみるけれど、承認され、記され、価値を認められたものはなにも見つけられない。私が不適切で、規格外とされるなんて、一体、何が起こったのだろう。鏡には私の替え玉しか映らず、その替え玉の彼女は何も欲せず、目に見えていることがすべて。私は人に背を向けられたらバラされる舞台装置、そしてまたアレが迫ってくる、そうなると私は叫ぶ、でも声を出して叫ぶことができないから、どの器官を使うのかわからないけれど。叫びも細工することができるのを忘れてはならない。メトロのプラットフォームでお尻を振って歩くように、叫びも女らしくすることができる。映画館で、ヒーローが世界を獲得しにいくためにヒロインに別れを告げるシーンで、目頭にハンカチを当てるしぐさのように。

そして、一回、二回、三千回と男たちの相手をする話は、何かを喪失することはあっても、蓄積されるものではない。マルキ・ド・サドが書いた「ソドム百二十日」を知っているだろうか、最後まで読めただろうか、なんと私は百二十一日目だ。すべてが規則の中で成され、これからも続いていく、百二十二日、百二十三日と。

自分の仕事場所を確保するために、朝早いうちにエージェントに電話をする。その日、私がそこに行く許可を得るために、つまり、その日のメニューに組みこんでもらうために。「おはようございます。シンシアです。今日、仕事に行っていいですか？　売春をする許可をいただけますか？　昨日はすみません、予定に入っていたのに行けなくて。でも、生理だったんです。でも今日はもうほとんど終わりましたので。ええ、もちろん、スポンジ、赤いハイヒール、ガウン、マッサージオイル、必要なものはすべて用意してあります」。仕事をする許可をパトロンからもらうと、男たちが外で列を成して待っていたら大変だわ、なんて想像しながら、ペンフィールド通りにあるアパートの部屋へ急ぐ。

実際、男たちは、街のど真ん中にある事務所で行われる大事な会議の前に、その日、仕事をする許可を得た娼婦に慰めてもらうのを待っている。男たちはセックスをすることでストレスを発散し、すっきりしたからだと気分で会議に臨《のぞ》みたいのだろう。まあ、セックス学者や医師たちが雑誌の中で語っていることだけれど。だから私は一刻も早く、安っぽくて醜い建物の隅っこにあるこの部屋に来なくてはならない。

部屋に入ると、すぐにベッドまわりをチェックする。前日のシーツがそのまま掛かっていれば、取りかえて、ゴミ箱もそのままになっていれば空にする。そして化粧をしながら待つ。

電話のベルが鳴って、最初の客の来訪を告げられ、客がドアをノックするのを待つあいだ、アパートの外に出ないで目立たないようにしていれば、何をしていてもいい。客は部屋に入ってくるとお金を払い、着ているものを脱ぎ、フェラチオをさせる。それから、セックスする。私が下になったり、上になったり、四つんばいになったり。客との肌の接触はできるだけ最小限にとどめたいと思っている私は、性器しか触れあわない四つんばいが一番、好きな体位。壁を見つめたまま、ちょっと泣きまねもしたりして、こっそりとイク。これを続けて六人、七人、八人の客とすれば、その日のお仕事は終わり。帰っていい。どこに帰るかって？　自分のアパートに？　ううん、アパートには帰りたくない。仕事が終わったあとは決まって、「ああ、早く死にたい」と思う。でも、ここではだめ、この部屋ではだめ。警察がやってきて、捜査が始まって、そのうち両親もこの商売の巻き添えにして、質問責めに遭い、拷問を受けるかもしれない。私が唯一、自分のものとしてもっている、売春という行為の発見者にはなってほしくない。それに、私だけでなく、時期尚早に老けてしまった若い娘たちの売春行為が一気に発覚してしまう。高いヒールの靴をはいて、冷やかしの笑みを浮かべ、長い脚をさらし、尽きることのないしなやかさで来客に挑む若い娼婦たちのお仕事を、私の勝手で奪うわけにはいかない。

男が扉を叩いてやってくるのを待つ部屋には、ベッドとナイトテーブルと肘掛け椅子が三角形に置かれている。置かれたときからそのままの位置の、誰も動かそうとしない、誰のものでもない孤独を抱えた家具。魂はこもっていないけれど、使い古された跡だけは見える家具。十五分ごとに時計を見ながらイライラしている人たちが腰掛ける駅のベンチのような家具。たったひとつしかないランプの黄色い光のおかげで、部屋は昼間でも夜のようだ。白木のベッドの足元には、客の毛やほこりがたまっていて、扉を開けるたびに風に乗って部屋を駆け抜ける。灰色の子猫みたいに。私はほこりを拾ったりしない、絶対にしない。客に毛やほこりを見てもらいたいからそのまま放っておく。なぜって、床を舞う毛やほこりは、まさに私と客たちとの関係を象徴するものだから。

私は客に、この部屋はふたりのためにあるなんて絶対に思ってほしくないし、この部屋に来るのは自分だけだなんて決して感じてほしくない。他の客たちの名残りがあるこの部屋で、自分は、去ってはまたやってくる男たちの集団のひとつの小さな点にすぎないと、ちゃんと認識してほしい。ここは私の部屋ではなく、多くの男が出入りする、手入れなどする必要のない部屋だとわかってほしい。つまり、あまり居心地のよさを感じてもらいたくないのだ。

いずれにしても、客は事が済んだらのんびりしていないで、すみやかに服を身につけ部屋を出ていかなければならない。ぐずぐずしていると次の客と顔を合わせてバツの悪い思いをするのは男たちだ。だから客はエレベーターに急ぎ、なにごともなかったような顔をして、あるいは寝るために女の子に金を払うなんて考えられないといったような顔つきをして帰っていく。

部屋のナイトテーブルのうえにはエージェントが買った雑誌が積んであるが、私はめったに読まない。娼婦たちの気晴らしのために置いてあるのだけれど、裸同然の格好で口を半開きにして私を見つめる思春期の女の子たちのグラビア写真を見ても、なんの気晴らしにもならない。むしろ、彼女たちを見ていると怖くなって、いつも変わりばえのしないタイトルの書かれた表紙を破ってしまいたくなる。本当にどの雑誌も同じ。まるで、セックスはするだけでは十分じゃないと言わんばかりに、セックスについて語って、語って、分析してみせる。成功率百パーセントの男を誘惑する十の方法、男を必ず振り向かせるドレス十着、さりげなく上司の前でかがんでみせて、パトロンを勃起させられるしぐさ……。こんなばかげたページは細かくひきちぎって、捨てられたコンドームの袋と一緒にベッドの下に散らかしておけばいい。ゴミ箱に捨てようとしても手の届くところにないし、どうせゴミでいっぱいだし。でも、雑誌をずたずたにしても無駄。どうせ来週になれば、また雑誌が積まれ、あばずれたちが私に破かれまいと戦いを挑んでくるだろう。だから、無駄な抵抗はせずに、口を半開きにして、ぎょっとするような格好をした十五歳の彼女たちには好きなようにさせておくしかない。

部屋は常にカーテンを閉めて、薄暗くしておく。そうでないと近所の人たちの注意を引いてしまう。皿洗いをしたり、玉ねぎを刻んだりしながら、キッチンの窓から見ようと思えば、私たちのしていることが見えてしまう。ここで起きていることは知らないはずの隣人たちだが、とっくの昔に気づいていると思う。ぴたっと閉めきったままのカーテンのすきまから、時々、女の手がのぞくと思ったら、カーテンはそのままにして窓だけわずかに開けられる。こんな不思議な状況に疑問を抱かない者はいないだろう。口には出さなくても、あれこれ想像しているに違いない。

これだけ狂った世の中なのだから、隣人たちだって正常な人とは限らないし、偏執狂だっているかもしれない。ひょっとすると、エージェントが私を売りこんでいる相手、つまり、電話で私のからだのプロモーションをしている相手かもしれない。「二十歳で目はブルー、スリーサイズは上から九十センチ、六十センチ、九十センチですの。ええ、もちろん、サービスは最高ですよ。何度でもOKですし、誰にも負けないフェラチオをします。ほんの少し料金をはずんでいただければアナルセックスも。そうそう、インターネットで写真をご覧になれますよ。彼女の胸を見ただけで、勃起してしまうかもしれませんよ、おほほ。ついでに彼女の功績を掲載している『カナダズ・ベスト』もぜひ、お読みになってください。あの子はスター、我らがエージェントの星です。誰でも彼女に夢中になってしまいますの。なぜって、彼女は男性にとことん身を任せるんですもの。一度お試しになったら、必ずまた彼女に会いたくなりますわ」。こうしてエージェントは私の稼ぎの半分を取るかわりに、宣伝をしてくれている。

このエージェントは英字新聞に広告を出して、客を迎え入れるシステムをとっている。「部屋はエージェントがすでに借りてありますので、お客様のあなたが借りる必要はありませんよ、女の子もすでにベッドのシーツの下でうずうずしながら待っていますので、道ばたで人目を気にしながら娼婦に声を掛ける必要もありませんよ」という点が売りなのだ。

つまり私は、一本ぬいてもらう女の子を娼婦とは思いたくない男たちにとってのエスコート・レディ。気品も教育も身につけていて、寝るためというより男性につき添い、したいときだけフェラする、いやならノーと言うこともできる女の子。デブはいや、年寄りはいや、足がくさいからあの男とはいやだ、と客の選り好みもできる。キャビアをつまみに、シャンパンを飲みながら、政府の予算削減について語りあうのならつき合ってあげてもいいと条件を出したりもする。道で男を拾ったりするようなことはしない。というか、まだ今のところしていないから、私はれっきとしたエスコート・レディ。三十分で五十ドル、一時間で七十五ドル、それ以上はなし。客は百とか百五十ドルとか払っていくけれど、私の手取りは五十か七十五ドルだけ。一日に七、八人の客を取って、約五百ドルの稼ぎ。これで週に一着、新しいワードローブを増やしていける。

それでも私は、エスコートというより娼婦として扱われるほうが好きな娼婦。客に、結婚しているのか、子どもはいるのか、あれこれ家族の話をさせるのが好きな娼婦。「もし自分の奥さんや娘さんが娼婦だったらどうするの?」「もし奥さんや娘さんが私のように、ベッドの下にコンドームの袋を投げ捨てながら客を待っているとしたら、どう思う?」「で、娘さんに、でもね、パパ、私は娼婦でなくエスコート・レディなのよ、なんて言われたらどう答えるの？」娼婦やエスコートの女の子が、日常生活でなにかほかのことをしていても、ちっともおかしくない。現に私は大学に通っている、まぎれもない女子大生。いってみれば勉学にいそしむ娼婦だ。

「女子大生のからだをお金で買って楽しんでいるっていうのに、家庭という安全な避難場所があるなんて、男としてはさぞ幸せなことなんでしょうねえ」。こんなふうに言うと、男たちは困惑して話題を変えようとする。私が学生だなんて考えてもいなかった男たちは、新聞の三面記事やテレビのワイドショー並みの話題に変えようとするけれど、私はそれでも、しつこく彼らの妻や娘の話題に戻す。「ごめんなさいね、私はひとつのテーマをとことん追求したいタイプの娼婦なの」。

奥さんとは今でも寝ているのか、円満な夫婦生活を送っているのか。奥さんはもう望まないのか、したくないのか、夫のアレも子どもも欲しくないのか、自分でして満足してるのか。答えがイエスだからみんな私の若いからだに襲いかかってくるのだ。妻の屍《しかばね》が透けて見える、私の若いからだに。そのくせ男たちは私に、この仕事は長く続けてはいけないよ、なんて言ってくる。年増の女が男たちに気に入られようと必死になることほど惨めなことはない。しかもその見返りとして金まで取るなんて、図々しいにもほどがあると。男にからだを買ってもらうためにはきれいでなくてはいけない。エスコートとして仕事をするには、さらにきれいでなくてはならない。新作映画について話したり、シャンパンを飲んだりする人生を送るには、さらにさらに美しくなくてはならない。もちろん、若さもなくちゃだめ。二十歳を過ぎれば、客の妻たちのように肌が衰えてくるだろう。ああ、いやだ、シワのある、たるんだ肌なんて。

でも、男たちだって同じことじゃない。私が手を放すと、アレはたちまち垂れ下がって灰色の毛の中に埋もれてしまうくせに。だから男たちは年を取ると、自分のインポの責任を妻に押しつけて、年老いていく女たちから顔を背けるのだ。

母はたったひとりの相手、自分の夫としか売春しなかった。私が男と寝るのは、ある意味、母のかわり、母を思ってのことだ。父をひとりにしないために、世の中のありとあらゆる罪を非難し、異常なまでに神に傾倒している父を母の唯一の相手にしておくなんて、そんなの嘆かわしすぎる。でも、私の罪は、父の罪でもある。だって、亀頭を真っ赤にして、よだれを垂らしながら私に向かって勃起してくる父親たちとセックスしながら、私は父と寝ているのだから。

母のことを考えるとき、まっさきに頭に浮かぶのが彼女の唇。自分を不憫《ふびん》に思って薄笑いを浮かべているように見える、薄すぎる唇。唇とも呼べないような、ただの裂け目。そのせいで死んでいるように見える顔。

指は嚙みすぎて先が曲がっている。ゆがんだ指はもうなんの役にも立たない。ただし、母は口で爪を嚙んでいたのではなく、指どうしで虫食いあっていたのだ。爪が折れるとき、かちっと音がする、その音と共に血の滴《しずく》が垂れる。それでも母はちっとも気にしない。太もものうえで対峙する母と母の手、まるでそれぞれの人生をもっているように、何事もなかったかのように、これまで年老いて気の狂った女の茫然自失の中にいた残りのからだのように、ただ母と母の手が動くのを見るためだけに存在していた他のからだ。母はそんなことしかしていない。何も言わずに。母は話もしない。叫ぶか、黙るか、かちっという爪の音だけが部屋に響く。生気のない時間の中で、壁の振り子時計がひときわ響く日曜日の午後、子どもたちが外で遊んでいるとき、私はこの沈黙で気が狂いそうになった。

母と私は、憎しみあうために、お互いに口を閉ざしているような、そんな狂ったふたりだった。でも、ベッドで寝ている母の目と耳だけは大きくて、私は時々、赤頭巾ちゃんとオオカミの会話を思いだした。「おばあちゃん、なんて大きな耳をしているの?」「よーく聞くためだよ」「おばあちゃん、なんて大きな目をしてるの?」「よーく見るためだよ」。でも、別に、母は私のことをよく見てくれるわけでも、話をよく聞いてくれるわけでもない。母は自分のことしか見ないし、自分の意見にしか耳を傾けない。ひょっとしたら父のことは想っているかもしれない。父はもうとっくに母のことなんて望んでいないけれど。父は母のそばにはいない。なぜなら父はノアの洪水を引き合いに出しながら、この世の終わりを待っている。母との終わり、決闘する手の生活の終わり、一切キスを受けようとしない唇との終わり、目とシワ、赤い血と皮膚との終わりを。

父が母に触れることはもうない。「もう興味がないんだ、セックスとかそういうことなしにも生きていけるよ」と父が私に言ったことがある。でも、それは父の大嘘だということくらい私にはわかる。通りを歩いている若い女の子たちをつま先から頭のてっぺんまでなめ回すようにして眺めている父の視線を見れば、ふだん父が娼婦の尻を追いかけ回していることくらい一目瞭然だ。母とは寝なくても、他の女たちとは寝ている。父はそうするしかないのだろう。母を蝕《むしば》んでいるのは癌《がん》でも関節炎でもない、ましてや悲しみでもないのに、ベッドに横になったまま、日に日に醜くなっていく。そんな女を父が抱きたくないと思っても当然だ。

私は母のようにはなりたくない。絶対に。いつまでも若く、きれいでいたい。背中を曲げて歩く自分の姿なんて、想像もしたくない。だから背筋はぴんと伸ばし、いくつになってもつけ爪をして指先までいつも気を配っていたい。肌はどうしよう。静脈が浮き上がってきたら、もう一枚の肌で覆わなくてはならないのだろうか。唇にはシリコンを入れよう。だって唇なしになんて生きていけないし、母に対する嫌悪の象徴である薄い唇を見せびらかして生きるなんて、とんでもない。鼻や胸、それにお尻は整形外科医がなんとかしてくれるだろう。

そう、お金はそのためにある。きれいでいるため、母親から遠ざかるため、年を取るほどに母に似て醜くなっていくのではないかという不安を断ち切るために。娼婦は決して老けてはいけない。年取ってはいけない。いつまでも卑猥《ひわい》でいるためには、子どもを持つなんて、もってのほかだ。ビジネスのふたつのアポイントのあいだに娼婦に会いにくる男たちを興奮させられなくなってしまう。ママ、パパ、一番きれいなのはだれか言って。私じゃない、絶対に。私の鼻、胸、お尻、すべてを世界中に撒き散らして、科学のために役立てたい、そうでなければ外科医のキャビネに送り込もうか。それができないなら、どうしたらいいのだろう。父からも相手にされなくなった母のような女にならないために。

今の自分がきれいとは思えない。むしろ醜いと思うことのほうが多い。ナイいるのは、雑誌やテレビで見ているせいだろうか。

トテーブルに積まれた雑誌に出てくる、あばずれの女の子たちと比較しているせいだろうか。テレビや通りで見かける広告に登場する、新しいクリームの宣伝をしている十四歳くらいの女の子のせいかもしれない。小さな鼻、ふっくらした唇、ブロンズ色のお尻、はだけたシャツから透けて見える、ぴんと立った乳首。

彼女たちはそんなにかわいい？　誰に聞いたって、答えはイエスだろう。でも、これは質問じゃない。質問をする限り、「きみのほうがきれいだよ」なんて言ってもらえるんじゃないかという希望が裏に隠れているわけだけれど、でも私には希望も、いつか希望を持とうというつもりもない。はっきり言えば、もう人に質問することもない。だって私は自分についてなら、すべて知っているし、それに、なにも知りたくもないから。結局、同じこと。もし、若い子を見てもなんとも思わないよ、ほんとだよと言う男には、唾を吐きかける。魅力を感じるね、という男にもやっぱり唾を吐きかける。なぜかというと、他人は関係ないから。

生きる屍のような母から生まれた人間のクズであることへの嫌悪、いつもいつも嫌っているこの母親への嫌悪、私の魂胆のもっとも遠くまで嫌いな母。ここまで私が母を嫌いなのは彼女の横暴さでも、卑劣なやり方で駆け引きしている権力でもない。生きる屍のような彼女の人生、自分の無力に身をよじらせながら、同じ場所でからだをばたつかせているその人生、自分自身に向かってうめき、父親から無視され、父が母を痛めつけていると思っている人生。父は母のことをなんとも思っていない、嫌ってもいないし、愛してもいない。本当なら遠くに行きたい父を引き止めているのは、母に対する哀れみだけ。世界を旅するためにヨットに乗って大海原に乗り出したいのに。母は知っていても何もしない。

母はこれまで何をしてきたというのだろう。自分のことと、文句を言う以外に。夫婦のベッドのうえで腹這いになって寝て、仰向けになって寝て、からだを折って、伸ばして、夫婦の毛布の下で死んでいくのか、眠れる森の美女、美しくもないし、眠ってもいない。本当に眠るには、健康的に眠るには、ふつうの穏やかな母親たちが眠るように父なしでも生きることを身につけなきゃいけない。本当のところ、母は眠るにも起きるにも、食べるためでさえも父が必要なのだ。父はなにも望まなくても、母は犬のような目をして、自分を避けている父親の動きを目で追い、散歩の時間を待っているのだ。

　そして私は愚痴をこぼしているところ。錯乱から生まれた私、性的不能でも、それでも生まれて来た私。頭を空っぽにするには、あとどのくらい時間が必要なのだろう。それよりもいっそ頭に銃弾を撃ちこんで死んでしまったほうが楽かもしれない。母親を憎みすぎたおかげで死んだ娼婦の事件は、この建物だけでなく、世の中を騒がせるだろうか。私の鼻を小さくして、唇を膨らませた整形外科医を破産させようか。次の客が早く来ればいいのに。そうでないと、いつまでもこんなことを考え続けていなきゃならない。

といっても、いったん思考が止まったところで、またすぐに始まる。そして私のまぶたのうしろに、すぐに母の姿が現れ、醜い母のせいで捻じ曲げられた私の思考は永遠に続いていく。だってやっぱり死ぬのは難しい。だらだらとしゃべったり、泣き言をぼやいたり、のらくらと暮らすほうがずっと簡単だ。母だって一度も自分から死のうとしなかったのは、自分で動脈を切るにはエネルギーがいるし、それよりなにより、まともに生きていなければ自殺する意味がない。

だから私はひとりで生きている。私の人生に男はいない。仕事を終えて帰ってくるのを待ったり、食事の支度をしたり、一緒に夏のバカンスの予定を立てたりする男はいない。私はやっぱり、できるだけ多くの男たちが欲しいのかもしれない。教師、医師、分析医、それぞれにそれぞれの専門がある男たちが、それぞれ私のからだの好きな部分に襲いかかってくるほうがいい。ひとりの男とつき合うなんて、男に対する憎しみが強すぎる私にとっては危険だ。私には惑星が必要、人間の延長線上のものが。それに、ひとりの男に捧げられるものなんて私にはなにもない。

ひとりの男と暮らして、母の延長のようになってしまうのが怖い。おしっこをするためにベッドから這いでてくる屍のようになってしまうのも怖い。相手の男も私に与えられるものがなにも見つからず、ひたすら私のことを観察して、生を感じるなにかを探すしかないだろう。母の腿のうえの両手の戦いのように。話すかわりに指先を動かす癖。そう、その男なら扉の手前で立ち止まって、立ち去ろうとするたびに、少しでもその瞬間を遅らせようとするだろう。そしていつか本当に私から離れていくことを考えて戻ってこなくなるだろう。その日は私の中に住み着いている空虚感が猛烈に大きくなって、無に向けられた最後の一撃でついに爆発し、出口を見つけ、できるだけ遠くまで、私がいつも引きこもっていたこの世の限界まで行こう。わざとかどうか、誰からも呼ばれず、私の客だけで、それもほとんどいなくて、ほとんど何もない、疲れ切った彼らの性器をひきちぎるような、痛みを伴うような快楽のために。

去っていかれたら死んでしまうかもしれない。そんなふうに思えるほど人を愛せる日が私にも来るのだろうか。暗い場所で身をよじらせて分かち合うことをほとんどしないような、生きる屍の愛ではないだろう。私はまだ、本当の愛なんて知らない。なにも要求せず、すべてを与える愛なんて、非の打ち所のない英雄たちか、勇気ある満ち足りた人生を送っている人たちか、もう勃起することのなくなった、おとなしい老人の愛としか思えない。

今はまだ、決別の愛しか知らない。私から遠く離れていく愛しか見たことがない。
どんなに力を込めても、地団駄を踏んでも、遠くへ押しやられるような愛。私に与えられたものに似せて、おそらく少なすぎると思われるかもしれないけれど、それでも私に与えられたもの、またしてもそこだけれど、少し、は無ではない。

生きるために最小限必要なもの、肉に覆われた骸骨、ゲップをするために背中をぽんぽんと叩いてもらい、髪をさっととかしてもらい、新学期に一着、洋服を新調してもらい、よく考えてみると、私は自分の幼い頃のことをあまりよく覚えていない。テトラパックの牛乳や石蹴り遊び、裏庭でいとこたちのズボンをおろして笑った日々のことを。少し神経質だった少女の頃、髪をくしゃくしゃっといじられたりすると怒りだすような、おしゃまな女の子だった。指をしゃぶったり、鼻に指を突っこんだり、転んでひざをすりむいて白いタイツにまん丸の血の跡をつけたりすると、汚い、と叱られ始めた頃から、私は人になにか言われるのを異常に気にする女の子になった。

でも、そもそも狙いを定めるべきは私ではなかったはず。私の人格をちりにまみれさせたのは「虚無」だ。なんでもないちりが人生の始まりの場所を覆い尽くしていたところを、私がもっとしっかり対処すべきだった。本当なら、白いタイツについた血の染みを、責め立てる人に向かって堂々と見せびらかしたり、下品さなどおかまいなしに鼻の穴をほじくって見せたほうがよかったのかもしれない。今になって悔やんでも遅いけど、汚いとか、やってはいけないと言われていることを、子どもらしく、もっとおとなたちに見せつけてやればよかった。でも実際は、私は他人によい子に見られようと、好かれる女の子になろうと必死だった。他の子よりなんでもじょうずにできる子でいたかったし、他の女の子よりかわいい女の子でいたかった。と言ってもまだその頃は善悪も美醜も知らず、なんの区別もついていなかったけれど。私はいつもへまばかり。黄色いセーターが黄色すぎると言っては泣き、クリスマスツリーの飾りのマリア様の腕に抱かれるイエス様が大きすぎると言っては泣き、のろのろとピアノを弾いている横でシスターがいらいらして、私はページを大急ぎでめくれば鍵盤の指の動きも速くなると思って泣いていた。他に何ができただろう。何も知らなかったのに。

今でも何もわからない。いつか人から指をさされることになったらどうしようと、私は心配ばかりしている。お腹は年々、丸みを帯びてくるだろうし、白髪が生えてきたらカラーリングで隠さなきゃいけない。整形手術をすれば、その跡を必死になって隠さなきゃならない。しかも、それは延々、続いていくだろう。小さすぎる唇、どんな種類のものかわからないけれど、脅迫から逃れるために左右に引きつれる唇、数知れぬ静脈が浮き上がって顔にひびの入る肌、そう、醜さとはまさにこれ、抹殺すべき点のリストはまだ続く。たとえばシミ、これは検討の余地あり、それほどショックを与えるものでないから。

左右にバランスよくついている耳、青い目、小さい足、ピアニストのような手、あるべき場所にあるおへそ、客たちのアレのまわりを自由自在に動かせる、しなやかなウエストや腰。こうしたものをいつまでも持っていたかったら、あらゆる醜さは消去していかなくちゃいけない。

醜くなってしまった肌を徹底的に取り除いたら、その下から、ぴかぴかの新しい肌が出てくるだろうか。もう一度、輝くような微笑みを振りまくことができるのだろうか。たるみかけていた胸も張りを取り戻せば、世界中の男たちをひざまずかせることができるのだろうか。バラ色のキルティングの長いボアが横たわる空、夕日の前でハッピーエンドが見られるのだろうか。それとも、そんなことは夢のまた夢で、何もないのだろうか。ひょっとしてさらにひどいことに、静脈がますます浮き上がり、左右対称のはずのものがバラバラになり、若作りに失敗すれば、失望よりひどいクレーターのような悲惨な状態になってしまうかもしれない。ゴールドに輝きたいと期待せずとも、まったく違うもの、これまで見たこともなかったものに変わるかもしれない。自ら不毛にしてしまったからだの悲痛なる叫び、あえて名前も付けたくない肉の加工品、私にはわからないけれど、どんなに失敗しても、女たちはあきらめない。収容所に送られる前に、もう一枚、またもう一枚と、皮膚をはがせば、きれいな肌が見つけられるかもしれないと、取り除く作業を続けるはずだ。

余計な肉のつき始めたからだは、簡単に削れはしないけれど、食べるのを拒否することはできる。つまり、ますます拒食症になって、お腹をへこませながら自分のお墓を掘っていく。ちっとも特別なことじゃない。何百万という女たちが自分のからだをスター並みに、アートにしようと努力している。口に入れてもいい果物のカットがあまりに小さくて泣きながらがまんしている女の横で、激励の言葉をかけるのは女たちだ。「あらあ、ひょっとして、また太った？」「ちょっと、あなた自分では見えないかもしれないけど、どうしちゃったの、その垂れさがったお尻……」「歩くたびにそんなに揺れて、あなた、わき腹のあたり、気持ち悪くないの？」意地悪な女たちの口を封じるには、ファッション誌に登場するモデルのようになれるまでがんばるしかない。こうならなくてはならないというイメージにあくまでも執着する。悦びたいときに喜ぶ人形たち。このサイズで、この髪型で、何も望まないけれどいつももっともっとほしがる人形たち。ことあるたびにマスターベーションにふけり、それでも足りなくて、男を興奮させるためなら何でもして、鏡を見て、他の女たちと比較して、胸が大きいとかお尻がいけてないとか、どこの男がかっこいいだの、セックスがいいだの、そんなことばかり。

行動はといえば、ベッドから美容院、ジム、ブティック、マニキュア、整形外科医、そしてまたベッドへ。お金目的の売春で男の欲望を満たして、それで自分も満足する。そう、女って、この程度のもの、それでしかない。限りなく嘆かわしい人形、あばずれ、娼婦。女というのは、何よりも男を勃起させることのできる性器。というのも、性器それ自体は勃起させられない。仕事が必要。死ぬまで人生を賭けてする仕事。年老いて、ぞっとするような女でも、若かりしころを思い起こさせ、狂気に身をまかせ、化粧をして腰をくねらせていたころを思い起こさせる。この思い出の中で仕事は続き、今度は美化する努力を続ける。

まさに私も、こうでなくちゃ、という考えにしばられて、気も狂わんばかりになっている女のひとりだ。自分で女をつくっている女。はっきりいって最低のジャンルの女。足を組むときに、赤いパンティをちらっと見せるのを忘れない女。秘密を持たない女。というより、頭の中で起こることが、すぐさま肌に表れてしまう女。なにか考えだすと、その続きが肌の色に表れ、その考えは慎みなく、どんどん広がっていく。

そもそも私には考えることがありすぎる。埋めるべき空白がありすぎる。父から聞かされた旧約聖書の塩の柱の話。季節が変わるごとに少しずつ消えていくという塩でできた女性の彫像。太陽暦の三百万年後にしか私たちの世界に届かない、爆発した星の残骸。テレビで早回しで紹介される、東京の雑踏。街をみおろすキングコングの頭のてっぺんから見る光景、ゆったりと踏み出す一歩の足元にある地上の景色、様々な色が語りかける統合失調症のいとこのこと、惑星の衝突、宇宙を移動しながら物質を吐き出すブラックホールの形成のことを考えてはつまらない心配をする私の不幸……。

だから私の語りに何かストーリーを期待してはいけない。話の筋とか展開とかはありえない。考えることが多すぎて口に出すこともできない。自分に関しては、ビジネスのふたつのアポイントメントのあいだにやってくる男と性交してあげながら、うしろから腕をつかまれている娼婦について堂々巡りするしかない。日本に届くまで脚を広げて、ことは昼と夜が反対の地球の裏側まで脚を広げて、この娼婦は私かもしれないし、私ではないかもしれない、誰か別の女かもしれない。

もちろん私にも特徴や好みがある、好き嫌いもある。たとえばセックスするとき、四つんばいになっているのが好き、おとなしい犬みたいにじっと目の前の汚い壁を見ながら、いろんなことを考えていられるから。背後でふたつの性器が、まるで人間の意思とも関係ないかのように結合しているだけ、もともと私は、できるだけこの結合から遠いところにいようとしているのだけれど。そもそも、男の腕につかまれているのは私でもないし、私の割れ目でもなくて、男が女というものに抱いているイメージ、女とセックスするときに抱くイメージにすぎない。

とにかく四つんばいの体位なら、キスをしなくてすむし、からだのうえに男の重みを感じなくてすむ。男は手でからだを愛撫してくるけれど、手は乾燥しているからまだまし。相手に私の顔が見えないから面倒な演技をする必要もない。人間の宿命について考えたりできる。うしろから聞こえてくる客のあえぎ声を、大学の哲学の教師や、分析医のあえぎ声に置きかえたりすることもある。つまり、この仕事場では決して会うことのない男たち。彼らは娼婦のところに通ったりしない。女より本のほうが好きで、言葉や概念で快楽を得ているから女のからだをお金で買うことなど考えもしない。彼らは私のことなんか考えない、だって私の肉体は彼らにとって重すぎるし、場所を取りすぎる。それに、私が話をするととても厄介なことになる。ひとつの話をしたあとに、それとはまったく脈絡のない、場違いなことを言い出すから。男たちから求められるこのからだについて、偶然などなくて、一回一回、一日一日、すべてが違う、生きる屍のような母を思い出させるからだ、全身の力を振り絞って、私はこの怒りを追いやる、まるでやっとのことで彼女から逃げられたかのように。

いつかはこの本を、両親も読むのだろうか。読まないとは限らない。時々、そんなことを考える。この本を読んで、想像もしていなかった娘の娼婦としての暮らしを知り、娘が自分たちの人生とはまったく無縁のところで勝手なこと、絶対に彼らの望まないことをしているのを知って驚愕するだろうか。少なくとも、私が抱えこんだ嫌悪は感じ取るだろう。他の女たちと寝まくる父と、愛されないために死にそうになりながらもベッドにしがみついている母。お互いに飽き飽きしながら変に年老いていくカップルの相手に対する根本的な敵対心。お互いに蝕みあうだけで、なにひとつ快適なことはせず、それでもまだお互いからなにかを期待するように、失望しあうことしかしない。でも本当は期待なんてしないうちから失望している。最悪。なぜなら、答えない、期待しない、それ以外なにも望まないで年月を重ねているうちに、ふたりは実は似通ってしまっているのだから。

両親がこの本を手に取ったとしても、ここまで読み進める気力はないはずだ。

なんとなく自分たちに似ているなと感じても、まさか自分たちのことが書かれているとも思わないだろう。それならなぜ、彼らに気づいてもらう必要があるの？　私はなぜ、こんなにも両親を遠ざけているのか。この本がその証言にすぎないとすればやっぱり、両親には私の心の奥底にまで踏み込んできてほしくない。

本筋に戻ったほうがよさそうだ。放出したくてじりじりしている数えきれないアレが私の口で渋滞する話。実際に娼婦を何日かでもやってみないと理解してもらえないかもしれないけれど、望んでもいないのに、いかにも欲しがっているように演技するのは本当に大変。しつこく愛撫されているうちに、クリトリスは棘《とげ》のようにささくれだって、痛くなるだけでなく、疲れ果ててしまう。やりすぎは単なるやりすぎであって、快感もなにもあったもんじゃない。ところが快楽の専制君主というのは過剰という言葉を知らないらしい。同じしぐさばかり見てるうちに、こっちは頭がどうかしてしまうというのに、男というのは、女は限りなく与え、惜しみなく受け取ることを望んでいると思いこんでいるのだ。

私たち娼婦が期待しているのは、お金だけ。それ以外、男たちからほしいものなど、なにもない。そこをぜひともわかってほしい。欲求が生まれるには時間が掛かるのだということも知ろうとしない。というか、お財布からお金を取り出すより時間が掛かるということ。この商売は決して口に出してはいけない真実に基づいた契約があってこそ成り立っていること、それに、ある意味、まやかしの中で初めて会う男に欲求を抱けると信じなくてはならないこと、たとえ拒食症の男でも、まぬけでも。ただし、男たちは拒食症に陥るのは女たちだけのものだと思っているようだけれど。男たちはなんでもかんでも自分のなりたいものになれるらしい、無能にもぶよぶよにも半分しか勃起しない男にも。女はぶよぶよもシワも許されない。きわめて無礼だ。女を作っているのはからだ。娼婦がその良い証拠。だから娼婦は、年寄り、ブスたちみんなのために聖火を手に走る。男たちの要求に答えられなくなったからだのかわりをつとめる。より引き締まった、より若いからだで。

確かに私は不公平、でもそういうわけでもない、男たちには別の事情がある。相手が誰でもよくても、客は娼婦に気に入られたいという気持ち。セックスがうまいセクシーないい男だと思われたいのだ。自分のペニスのサイズについては、かなり自信家が多くて、自分の一物《いちもつ》は大きいほうだとか、長いほうだとか恥ずかしげもなく口にする。そして自慢の一物で、私のこともなんとかしてイカせたいらしい。

思い込みの激しい男たちは、からだじゅうが割れ目といわんばかりに、やたらと舌を這わせてくる。初めて会う女の子にこうすることが当然のことのように。自分の娘であってもおかしくない年頃の女の子の腿に、自分で唾液をたっぷりと塗りつけておきながら、さも私が感じて濡れたかのように、「なんだ、きみ、ひざまで濡れているよ、これが好きなんだね」なんて言う。私はやさしく微笑みを返す、「続けて、やめないでね」とささやきながら。

男たちが大事な商用の合間に唾液を流しているあいだ、妻たちはなにをしているのだろう。昔の喜劇によくあったように、水道工事の男や郵便配達の若者に襲いかかっているのだろうか。それとも私の母のように眠っているのだろうか。見られることも、触れられることもなくなって、お腹の皮膚がたるもうと、両手が茶色い染みで覆われようと気にもせず、娘が父親や叔父たちと同じ年代の男のアレをがつがつとむしゃぶるままにさせておくのだろうか。

こんなふうに思考を展開させていくのは好きじゃない。自分でもわからないことがある、というか理解できない。好きじゃないのにそれでもこれにしがみついているべきなのだろうか。答えは知ることはできないけれど、いずれにしても答えは質問の前にすでにあるはず。終わりのない小動物とネズミたちの真実、死に打ち勝つ下水の宿命、良いことに関する直感の勝利、何が良いことだっけ、これも私にはわからない、私は母の亡がらのようなからだのうえで泣くことしか知らない。

父が娼婦を漁っているうちに、ひとり、またひとりと娼婦のお尻を追い回しているあいだに、父は私にぶちあたる。自分の血を分けた娘の肌に。私は吐き気を催す、だって記憶の底に葬り去った肌だから。それでも父親はこの肌を欲しがる、私よりずっと欲しがるはずだ、娘のからだを腕でつかんで壁に投げつけ、そして父親は娘を相手にやる。父親と娘たちのあいだに居座る緊張感に終止符を打つために。遅かれ早かれ、父は私が扉のうしろにいることを感じながら、この部屋にやってくる。そして私も、今度の客は父だろうと想像しながら扉を開け、扉が開いた瞬間、私たちはそれぞれ、娼婦の役と客の役として対面していることにショックを受け、大騒ぎをしながら扉を乱暴に閉めるだろう。

娘が娼婦で、父親が客。こんなことが起こりうるこの世界は、いったいこれからどうなっていくのだろうか。いつからこんなことになってしまったのか。でも、よく考えてみると、実はずっと昔からそうだったんじゃないかと思う。父親が竿を持ち、娘が世界中と分かち合うべき新鮮なからだを持って生まれてきたときから。そして対面した父と娘は、お互いに悲劇が起きたという印象を抱きながら自分の生活に戻っていく。確かに起こってもおかしくないことだった、わかっていた、わかっていたとつぶやきながら。

なぜそんなことなら、この商売をやめないの？　不快なことだらけで、自分のからだをすりへらしてまで、どうして続けるの？　しかも殺されるかもしれないっていうのに？　人はみんなそう思うだろう。自分でもわからない。たぶん、いつなんどきでも服を脱いで横になり、愛撫に耐える素質を持って生まれてきたのだろう。

結局、好きなわけね？　そう聞かれたら、素直にイエスと答える。だって本当に好きだもの。でも、もっと確かなものがある。それは、お金。好きなときに好きな物が買える、したいと思ったときに、したいことができる、それを許してくれるお金の魅力はなにものにもかえがたい。ちょっと飽きてきたら部屋の壁を塗り直して、家具を変えて、模様替えをしてアパートを新鮮にできる。新製品の高級なシャンプーで髪の毛をなめらかに泡立てられる。胸がたるんできたな、と思ったら整形外科医のもとに走っていける。お金さえあれば、なにより大事な若さを維持していられる。私から若さを取ったら、なんにもなくなってしまう。さらに、ここで起こることに魅力を感じているのも事実。次々と現れる客は、本来いるべきでない場所にいる男たち、来てはいけない場所に来る男たち。秘密で淫靡《いんび》な世界の魅惑。私は幼い頃から、この手の魅惑には敏感だったような気がする。

そもそも、私は最初の客と寝て娼婦になったわけじゃない。ずっと前から、フィギュアスケートやタップダンスを踊っていた幼い少女の頃から娼婦だった。眠れる森の美女でなくてはならなかったおとぎ話の中で、私はすでに鏡ばかり見ている娼婦だった。いつも鏡を見ては自分は美しいと思い、どれだけ男たちの欲望をそそれる女であるか、その証しを鏡の中に見つけようとしている、あばずれだった。男たちは仕事でテリトリーを広げるのに飽きたり、社会生活に疲れたとき、ちょっとした時間を見つけて、このあばずれに会いに来るのだ。

私の人生に次々と現れる男たちがみんな、いつも同じように勃起して、同じようにイク、わけじゃない。私に逆らう男もいる。その代表が、私の精神分析医だ。精神分析医と聞くと、杖をつき、老眼鏡を神経質そうに指先でいじくっているような老人を思い浮かべるかもしれないけれど、私の分析医はもう少し若い男。この医師が私に抵抗を見せるのは、同じ横たわる場所でも、絶望を語りにやってくる人々の狂気の匂いがする薄暗い部屋のソファのうえだ。

ベッドとソファ、客と精神分析医、世間の目からすれば違いはあっても私にとってはほとんど同じこと。してはならないことを常に考えている男と女。やってきたときと去っていくときくらいしか、目を合わせることのない男と女。

次々とフェラをする話をする私と、意志に反しながらも、ちらちらと患者の姿を見てしまうのぞき魔の分析医は、限界すれすれのところをかすめあうふたりの変質者。

でも、悔しいことに、分析医の関心は、私の不幸、人間のクズの私の運命だけ。興味があるからといって、彼にはどうすることもできない。遅すぎる。私は母に似すぎてしまって、もう、死のすぐ近くにいるんだもの。私が歩く地面にどうやって亀裂が入っていくかを発見するのは、時間が掛かる。私が落下していくための起爆装置を外すには、あまりに多くの言葉が必要だ。私は必要以上に私らしくしてはいけない。母は自ら命を絶つべきだ、大声で母をののしり、闇の底にいる母を目覚めさせ、憎しみあい、愛しあう理由がまったくなくなるまで、つまり、まったく見知らぬ人になってお互いにどこにいるのか、生きているのか死んでいるのかも消息がつかめなくなるまで、大きな声で母に向かってわめきちらしたい。

できることなら、もう一度、すべてを始めたい。すべてを巻き戻して、ゼロからスタートしたい。でも、そんなことは誰にもできやしない。だからいつも私の不幸、男を魅了する仕事の話に戻る。

私は分析医に向かってわざと交尾の真っ最中のようなあえぎ声で話す。そして、部屋を出るときには、まるで私たちのあいだには金銭関係など存在しないように、お札でも医師でもなく、どこか別のところなんかをわざと見ながら支払う。部屋を満たす言葉をこうして押し殺し、私が永遠に望むことを浮かび上がらせる言葉たち、分析なんかにお金を払う必要はないのに、彼に払う必要はないのに、お金を払う必要がないとしたら、彼が欲しいのだ、彼が欲しければ欲しいほど、ますます支払う必要はなくなる。私の父と同じこと。扉のうしろに立っているのが誰かわかっているだけに、強く叩かれる扉。なぜかというと、私たちはこれまでにすでに幾度となく、この接近不可能な、しかし、とても親密なふたつの性器の出会いを思い描いてきたから。

父が客となる日のことを私は恐れるべきなのだろうか。私は怖くない。起きてほしいと望んでいることは、起こらないとまるで決まっているかのように、起こらない。だから父も現れないだろう。それでも、私を目覚めさせるか、あるいは殺すためかどちらにしても、ついに何かを始めるためにも、起こったほうがいい。永遠に先送りできるこの可能性というのにうんざりしている。そんなこと望むなんてふつうじゃないと、友達はみんな言うだろう。というか、私に友達がいたら、の話だけれど。私はふつうじゃないけれど自分を消滅させたいと望む異常性は奪われたくない。死を望む気持ちは誰にも邪魔されたくない、だってそれは私のすべてだもの。ほしいのはそれだけ、心の底から。母にあまりにあてはまりすぎる妥協も選択肢もなしに。

いつ、どうやって、こんなことが始まったのか、真剣に思いだしてみよう。どんなふうにして初めて、自分のからだを捧げたのだろう。多分、まずはお金のためだったと思う。でも、それは他の目的になった。というか、お金の必要性には、すでに別の要素が含まれていたような気がする。そうだ、私は一刻も早く、バージンを捨てたかったんだ。処女でいることが妙に重苦しくて、私らしくなくて、しかも、目の前には男がうようよしているのに、私の若いからだが奪われずにいるなんて間違っていると思ったのだった。だから私は、男たちに強制的に私のからだを奪わせたかった。他の誰でもなく、この私を。

ただ、このときにはまだ私もウブだったのか、男が他の女の姿を思い浮かべながら、別の女と寝られるなんて考えたこともなかった。現実を遠ざけられる想像力というものを知らなかった。たとえば月並みだけれど、白いシャツの襟《えり》についた赤い口紅の跡は、ただの染みにはとどまらずに、ありとあらゆる想像力をかき立てるということを知らなかったのだ。でも、ショックを受けたわけじゃなくて、むしろ楽しいことだと思った。

それ以来、私には悪い癖《くせ》が身について、イクときに、叔父と姪が客と娼婦としてこのベッドで交尾している様子とか、いろんな非常識な場面を思い浮かべて楽しめるようになった。そのかわり、男たちが勃起するとき、私を集中させるためになにを考えているか、それも知りすぎるほど知ってしまった。結局、私自身は実は役立たずで、その場にいながらいないようなもの。その現実を知ることにうんざりしたときにはもうすでに私は罠にかかっていた。これも多分、お金の罠に。だって、毛布にぬくぬくとくるまって、いつまでも泡のお風呂でくつろげる生活を手に入れてしまったんだもの。新しい靴を買うこと以外、なんの心配もなく何カ月もぶらぶらして、次の客を待ちながら一日中、自分を愛撫して、レストランで食事をして、本当の友達ではないけど客のアレをばかにしながら娼婦仲間と酔っぱらう日々を。

そして私は、以前の自分に関する記憶を失った。というか、今の私以外の自分をもう想像できない。今、私は高級娼婦という肩書と、心地よいアパートと、男たちからの評判を手に入れた。つまり、売れっ子の娼婦になった。

白人のお金持ちの客と南の国に旅することもある。生身の女も他人の苦痛も、なんでもかんでもお金さえ出せば手に入ると思っている男。今の世の中、年が半分も違うような男女がふたりでいても、もう人を驚かせたりしない。海辺に寝そべる私たちの姿を見れば、どういう関係かひと目でわかるだろう。視線を逸らしているのが、ありありとわかる。

もし母が、娘である私が彼女と同年代の男と砂浜にいるところを見たらどう思うだろう。というより、そんなことを考える以前に、母は砂浜を目にしたこともないという事実を忘れていた。そもそも、母はそんな遠くまで移動できやしない。海辺なんて遠すぎるし、暑すぎる。皮膚癌にかかるかもしれない。それに、飛行機にも乗らなくちゃいけない。慣れない時間に、慣れない食事をとるなんて、彼女にとっては危険だ。

ああ、もう、いい加減に母のことなんて考えたくない。でも、どうしても考えてしまう。だって本当なら、この海辺にいなくちゃいけないのは私でなくて母のほうじゃないか。まだまだ若くて美しくなくちゃいけないのに。肌を隠すこともなく、唇もただの線でなく、本当の笑みを浮かべられる唇で、からだだって、ただベッドに穴を掘るためでなく、彼女と父の人生の架け橋になるからだとなって、太陽の輝く海辺にいられるように修正していくべきなのに。

海岸で娼婦と思われても、私はちっとも気にならない。からだを張った不正取引をしていることにも、なんの気詰まりも感じない。客のほうは、ちょっと違うかもしれない。お金を払わなければ誘惑できなかったという事実はバレバレだし、それを恥ずかしいと思う客もいるだろう。

高級娼婦を買う客たちは、自分の購買能力を見せびらかすのが好きだ。自分のそばに若いきれいな女を置いて、いいかっこをしたいのだろう。なんたって高いお金を払っているのだから、羨望のまなざしで見られでもしないと割が合わないはずだ。それとも、彼らは女というのは、自分のところにやってくる男なら誰でもいいと思っているのかもしれない。目の前に現れた相手に次々としっぽを振ってついていく子犬のように。私はそう思われてもかまわない。実際、そのとおりだもの。女ってそういうものだもの。いや、そんなことないよ、世の中には、もっと強くてアクティブな女たちだって存在するよと、世間の誰もが言うだろうし、誰もがそんな女たちを知っているだろう。でも、本人がよければそれでいいじゃない。心底病んでいる私には、強くてアクティブな女なんて、自分とはかけ離れすぎていて、自分にはなれないものは賞賛する気持ちにもなれない。そういう意味では、私もベッドで寝ている母と同じような視線で世の中を見ているのかもしれない。自分に会うために森を越えてやってくる王子様のキスを待ちながら眠っている、みじめな女の視点。

しかし王子様などやってくるはずがない。そもそも王子様なんて存在しないし、存在したとしても、少なくとも母のことを望むはずがない。母には、王子様はここへやってくる途中、野生の植物に足を取られて死んでしまったのよ、と話したほうがいいだろう。そうすれば、母は、自分は熱烈に望まれていたのだと想像しながら死んでいける。生き損ねてしまったのは自分のせいではなく、他人の運命のせいだったのだと。眠れる森の美女、眠りすぎて死んでしまった。

私は眠らない、眠れない。あんな母を抱えていたら、のんびり眠っていられるわけがない。私にふたつの人生を背負わせておいて、平然と眠っている母には腹が立ってしょうがない。私の性器は母の人生と私の人生を連れて世界中を旅している。いろんな国籍の子どもを孕《はら》んでもおかしくないけれど、私はただ、母ができなかったことをしてあげているだけ。まるでそれこそが生きる目的のように、交尾を重ねているだけ。

そんなことしてなんになるの？　私にもわからない。少なくとも母は、私が彼女の分まで生きていることに満足してくれるだろうか。ベッドに横たわり、ちょっと愛撫をされたら、母の睡眠に捕まってしまわないうちにベッドを抜けだし、また違う男を迎え入れるためにベッドに寝そべり、フェラをして、そして起きあがる。こんなことを死ぬほど繰り返している私の人生を喜んでくれるだろうか。

眠りにつかまってしまう前にベッドから離れ、ベッドに居ることができなくなってしまう前にベッドを離れよう、だって、年数が経つうちに、ベッドは長続きする愛の記憶をなくしてしまうだろうから。その日、私は成功したと言えるだろう。ベッドから出ていくとき、ああ一生かかって、数えきれぬ男たちと別れ、彼らの名前も忘れるという快挙を果たせたと。

星の数ほどいて、しかもみんなどこか似ている客のことを、ひとりひとり思いだしたりするのは難しい。もともと、みんなエージェントのサイトをインターネットで見ながら、いいケツしてるな、とか、むしゃぶりつきたくなる胸だなとか同じようなことを考えながらよだれを垂らして電話をしてくる男たちだ。

おもしろいことに、名前もほとんど同じ。フランス語圏の男だとピエール、ジャン、ジャック、英語圏だとジャック、ジョン、ピーター。いずれにしても客のひとりひとりの名前や特徴を覚えようともしないし、個別に考えたくもない。私はすでに男たちをイカせるために、膨大な時間を使っているわけだし、それ以上考えると余計に混乱して吐き気がしてくるだけで、なんの役にも立たない。何千という男たちが私のからだをただ通り過ぎていくだけ。

ピエールとかジャックとかジャンとか、わざと平凡な名前しか名乗らないにしても、顔よりも性器の特徴で認識するほうが早い、名前も覚えられないような男たち。そもそも、この商売に顔は必要ない。よく考えてみると、いつも同じような顔。私にとっては過去も未来もない男の、同じ顔。扉の向こうから現れて、どこへともなく去っていく男。いっそ、いつも同じひとりの男を相手にしていると思っていたほうがいい。いつも変わりばえのしないテクニックで私の性器をくすぐるのは、いつも同じペニスだと。

実際、私はひとりの男しか相手にしていない。男どころか、たった一本の肉の棒を気持ちよくさせてあげることでお金を稼いでいるんだと考えるようにしている。いずれにしたって、夜、お仕事を終えて自分の部屋に戻ったとき、私が覚えているのはお金のことだけ。今日はいくら稼いだかな？　一枚一枚、お札を数える。どこからともなく出てきて、私の目の前にある札束の世界に、じっくりと浸りきる時間。何度も繰り返し数える。百七十五足す三百二十五ドルは……、ひとつの数字になるまで数えていって、その合計は近いうちに、いくつかの商品に化けていく。夏用の新しいドレスと、それに合うバッグ、シャネルのアイシャドウ、マニキュアセット、バルコニーに飾る花と肥料……。

二日もあればピエールもジャンもジャックも忘れてしまう。二日もすれば、ジャックもジョンもピーターも私の頭から消えてしまう。残るのはお金と、そのお金で買うものだけ。まるで洋服やファンデーションや花が、私の忘れるべきものの代わりにでもなっているかのように、まるで、死ぬほどほしいもののように。

ところが、時々、忘れたい、忘れる、という私の能力、客たちをひとまとめにして一本のペニスに凝縮してしまえる私の能力を超える客が現れる。病的な客の様子を見ていると、彼らに性器があることさえ忘れ、一緒になって泣きたくなってしまう。泣く、それが唯一、その場にふさわしい行為に思える。で、こんなときは、お金のことは忘れてしまう。お金はおろか、こんな男を見たら一生、忘れられないだろうと思う。女を愛する男のみじめさ、このみじめさの中で、閉ざされた部屋の中で演じる役割、絶望の愛撫。そして私はどんなにきつく目を閉じても、できるだけ遠くに逃げようとしても、娼婦と客をつなぐものの惨状は忘れられない。それがなんであるか、すぐには識別できなかった、間近で見た狂気、それは、ひとりになったときにどうしても思い出してしまうもの。

たとえば、犬のマイケル。ふだんは名前など覚えようともしない私だけれど、忘れようにも忘れられない客。犬と名づけたのには、それなりの理由がある。マイケルはまるで獣のようにわめき、うめくのだ。犬のマイケルは自分のことをなにも話してくれないから、彼の人生について私はなにも知らない。でも、人からさげすまれることに快感を覚え、殴られたり足蹴にされたりする残酷なシーンを思い浮かべながらマスターベーションするようになったいきさつを語るには、膨大な時間が必要なのだと思う。マイケルは娼婦に親指で目をつぶされることを望み、「発射しないで」と叫びながら顔を殴られることを望む。「私を見てなんて頼んでないでしょ、下を向いて、舐めるのよ」。私は彼の要求に従ってどなりつけ、マイケルのからだを叩く手に力を込めていく。

そしてマイケルは主人に殴られても献身の気持ちを忘れない奴隷《どれい》の苦痛を思ってイキ、私は恥ずかしさと悲しさで胸がいっぱいになる。こんな男を相手にしたあとは、部屋を出るとき、私の胸は人生に対する憎しみでいっぱいになる。通りを歩いているスーツ姿の男たちを思わず、にらみつけてしまう。いかにも重要な書類が入っていそうなブリーフケース、毅然とした歩き方、非の打ち所のないスーツの下に隠された狂気を探してしまう。ひょっとしたら彼らも、ビジネスマンの役を演じる犬なんじゃないの？　いつか、この部屋以外の、外の現実の世界で犬のマイケルとばったり出会ったら、私はどうするだろう。やっぱり顔をそむけてしまうだろうか。私のよく知っている異常性をまったく見つけられなかったり、狂気の跡がかけらも見えなかったとしたら恐ろしいことで、そのときは私が狂ってしまうだろう。というよりも、私はもともと狂っている？

頼まれたからといって人を殴る私は、やっぱり狂ってるの？

犬たちを相手に売春するなんて人間のクズじゃなきゃできないの？　男たちのことを犬と呼んでいる私こそ、本当の犬だ。うめき声をあげろと言われれば、素直にうめき、お金をもらうときには、おとなしく頭を下げる犬。

なぜ私は頭を高くあげて傲慢な態度で客に挑めないのだろう。受け取ったお札をわざと客の鼻先で数えて、居心地の悪い思いをさせたっていいのに。ばかにしないでよ、と態度で示してもいいのに。たぶん、いくら虚勢を張ったところで、いつも最初からまた始めなければならないから。それに、来る日も来る日も、次々と欲望をむきだしに突進してくる男に挑んでも憔悴してしまうのは私にきまってる。だから、そんなことは一刻も早く忘れてしまったほうがいいし、無駄な抵抗をするくらいなら、この果てしない戦いに終止符を打ったほうがいい。

男たちは、たったこれだけのためにお金を払うなんて、みじめじゃないのだろうか。悪いけれど、本当に、たったこれだけのために。フェラをしてもらうのは、お買い物をするのと同じで、お金を払うのが当然だと思っているみたいに。でも、客がみじめかどうかなんて、たいした問題じゃない。頭を下げてお金を受け取る者より、お金を払う方が強い立場にいる。これは私が望んだことでも、私が決めたことでもなくて、昔から決まりきっている、自然の掟だからしかたない。オオカミどうしの対立、オオカミとライオンの対立を観察してみればいいことだ。猛獣たちの世界に裁判はない。本能に突き動かされて行動する彼らは、勝ったときには尻尾をぴんと立て、胸を反らせ、負けたときには尻尾を丸めて穴に潜りこむ。ずっと誠実でいられるのは、結局、動物たちしかいない。それ以外のことは道化か宗教か、人が真実のために死なないようにしがみついている、なぐさめでしかない。

扉の向こうに消えていく数えきれない男たちは、私が彼らの存在を頭から追い払い、お金しか手元に残さないようにするために私が努力していることなど、まったく知らない。私の憎しみなど知りようもない。憎まれているなんて、疑ってもいない。男たちにはなによりも先に欲望がある。大事なのはそれだけ。理解できるのもそれだけ。結局のところ、人生はとてもシンプル。絶望的なまでに単純だ。そもそも、彼らは急がなくちゃいけない。会議に遅れないように仕事場に戻り、離婚されないように夫に、あるいは父親に戻らなくちゃいけないのだから。

時々、なにもすることがないと、建物のどこからともなく聞こえてくる生活の物音に耳を澄ませるために、ベッドに腰をおろしてじっとしている。キッチンでお鍋とお鍋が触れあう音、水を流す音、ペンフィールド通りを行き交う車やクラクションの音。私の声だって近所に聞こえないほうがおかしい。オーガズムに達する女の声は壁という壁を突き抜け、通りまで届いて都会の喧騒に紛れ、クラクションとクラクションのあいだで消えていくのだろう。私は周囲に聞こえているという確信のもと、狂った人のように、わざと大きな声をだすようつとめる。

ひとりでいるときも、言葉と言葉のあいだに穴ができないようにしゃべりまくる、まるで祈りに聞こえるように、私以外の言葉が入り込む余地を与えないように。言葉は次々とつらなっていなければならない。私には人に向かって話しかける習慣がない。私が話すとき、それは自分に向かって話すだけ。だから、誰の邪魔もしないし、誰にも邪魔されない。私は書くように話す。ベッドに座って、カーテンを引いた窓の前で、壁を、シーツを、肘掛け椅子を、サイドテーブルを、床のほこりをじっと見つめながら。なんの役にも立たないと知りながら、部屋にあるものすべてに向かって話しかけている。

不意に訪れる沈黙の衝撃で死にたくないから。私の小さな脳みそを満たすには、ふたつか三つのアイデアがあればいい。私のちっぽけな人生を方向づけるには、繰り返すことを恐れずに、そのふたつか三つのアイデアを何度も繰り返すだけでいい。

幼い頃、私は宇宙と南極大陸、地球儀の黄土色の部分が盛り上がっていたグリーンランドに夢中だった。父が私に、本当は船乗りになりたかったんだと打ち明けながら買ってくれた地球儀。父は養うべき家族も持たずに風の向くままにゆったりと暮らしたかったそうだ。小学校の図書館の棚と棚のあいだで床にぺたんと座り込んで、私は寒々しい、筋のある光景が映し出された写真をめくりながら泣いた。なぜ美しいものは人間のいるところから離れているのだろうと。どうして美しい場所は望遠鏡のレンズの向こう側や、生きていくために訓練が必要な地球のゾーンにしかないのだろうと。私は、宇宙のバラ色の砂塵に乗って漂っているところや二億年前に微生物が巣を作ったクレバスの青緑色の亀裂の中にいる自分の姿、一分もあれば一周できるような、自分の名前のついた小さな惑星を想像した。月面クレーターに覆われた灰色の惑星、噴火口と噴火口のすきまでバラを育てて、オオカミの毛皮にくるまれ、南極の永遠の白さを横切っていく私、夏になると大きな氷の塊がみしみしと音を立てて移動するところを思い描いた。そこには驚くべきことがあるというのに、私はなぜ他のところに行かずにここにいるのだろう。なぜならその色彩が人の暮らしとは両立しないから、なぜならその地は不毛だから。でも、そこに何より惹かれているのに。再生が不可能な地、男と女が愛し合い、家族を作り、村、国家を作ることが不可能な地。それこそが力、真の力、住み着いて、居住空間を作り上げる人間の執着心や執拗さ、宇宙や南極は無味乾燥であることが他の何より勝るのに。

私が群衆や雑踏、階段教室のやかましい声が大嫌いなのは、それに、大衆の現象に目を背けるのは、おまえは巨大な宇宙のちりのような存在に過ぎないのだよと言われ続けたせいだ。ビッグバンの余波に微塵の影響も与えようのないちっぽけな火花でしかないと。隣近所の子どもたちと原っぱに寝そべって星を数えたり、大熊座を探しながら思った。もし本当にちりに過ぎないなら、世間から引っ込んでいよう、他のちりたちの陰に隠れていよう、ちりだと知ってしまう絶望から遠くにいようと思った。

そしてからっぽのランドセルを背負って学校に送り出された日から、世の中には私のような子どもが何百万人もいるのだと知ってから、何百人もの子どもたちがいい加減に捨ててもいいようなクレヨンのことを嘆いているのを見て、本もたくさんありすぎて、人もいすぎるから、もう好きになってはいけないと知った。私はこの過剰から抜け出さなくてはと、無に帰さないといけないと、そうでないと、誰かであることを忘れさせてしまう、誰から生まれてきたのか。私はいつもこうしたことを誰よりも先にする。立ち去る、忘れる。そして誰も私のことをベッドに縛り付けておくことはできない、絶対に。母のことを話そうとしているのではないから安心してほしい、もう母のことは話したくない、私はもうすでに彼女の睡眠とベッドからは遠く離れたところにいる。

さて、そろそろ仕事と家の行き来をする父親を尾行しないと。彼もまた母親のような人間だと知って安心するために。テーブルの近くにいる男たちに、私がウインクをすると、バカにするためにしたのに、自分に投げられたと思って喜んでいるような男たちと同じだと知るために。

父は敬虔な信者だ。飽きもせずにせっせと教会に通い、ありとあらゆることに神様を巻きこみ、しかも、そのたびに驚きを隠さない。テレビでも新聞でも、しかも悪いニュースにしか興味を示さない。世の中の不幸が父の口を開かせ、しかも何度も同じことを繰り返すから私はいい加減うんざりしてしまう。そもそも戦争の話なんて、まるで興味がない。戦争など、あまりに壮大すぎて、ランジェリーのコレクションのことばかり気にしている私にしてみれば、ほど遠い世界だ。

ただ一度だけ、ルワンダに関するルポルタージュがテレビで流れていたときには、画面に目が釘付けになった。アフリカの青い空の下で折り重なる死体、なたで手足を切り落とされた何千という死体の山。なんでも簡単に忘れてしまう私でさえ忘れられないような衝撃的な映像だった。それに自然の力が猛威を振るうこの国の死体はあっというまに腐敗してしまうため、屍とも呼べない状態になっている。みるみるうちに育つキノコ、花に変わっていく糞。これがジャングルの掟《おきて》だ。黒い肌についた赤い血。フォービスムの絵画のような野性味にあふれる色彩。コレラが蔓延し、日常的になたが振りおろされる国で起こる虐殺など、身を売るためのシルエットにしか関心のない、朝食の前にすでに化粧をしているような私には理解できないけれど、父にしてみたって近づきがたい話題のはずだ。この複雑な問題を理解しようと思ったら、努力をしなきゃいけない。それに、現実の世の中に直面するときには神様を忘れなくてはならないのだから。

父は、この世には悪が君臨していると考えるのが好きだ。下界での人生は、あくまでも試練であって、告発すべき数えきれない悪事との激しい戦いだと考えたいらしい。そう、人は激しく苦しむべきなのだ。でなければパラダイスはそれほど美しいものでなくなってしまうから。そして過ちに苦しめば苦しむほど、人間の卑しい欲望が、いかにばかばかしいものであるかを証明できるだけでなく、パラダイスの存在は、より現実味を帯びてくる。

父が本当に永遠の拷問や至福を信じていたのかはわからない、でも、信じていてもいなくても、私にはどうでもいい。覚えているのは、幼い頃、眠る前に父がよく話してくれたことだ。

旧約聖書に出てくる金の子牛と、本当に水が赤いと信じていた紅海、ソドムの街の塩の柱の話。神様から振り向くなと言われたのに振り向いてしまったために塩の柱にされてしまった女。行きすぎた罰の、あまりに美しいイメージ、その場で全身ミネラルで真っ白な像にされてしまった女。私は父に尋ねた記憶がある。街が焼き尽くされたあとその女はどうなったのか、彼女は芸術作品のようにどこかに移されて保管されたのか、それとも風に吹かれるままになっているうちに、粉々になってちりの山になってしまったのか。歴史は教えてくれない、こうしたことに歴史は興味がない。運命に次ぐ運命、父も彼女のその後には関心はなかったが、それでも、言いつけを守らないとどうなるか、ということは私の頭に叩き込んだ。禁断の果実を食べてしまった女性たちの無謀、この女性がなぜ街に向かって逃げながら振り向いてはいけなかったかはわからないとも話してくれた。でも彼女は振り向いてしまった、そこが肝心な点だ、どれだけ彼女が人生に執着しているかをみるために試されたのだと。

でもパパ、と私は聞いた。私も塩の柱になってしまうの？　神様は私にも試練をお与えになるの？　パパは言った、わからないよ、でも、いい子でいなければいけないよ、誰かを傷つけたら謝りなさい、嘘をついたら謝りなさい、人のものを盗んだら、人を殺したら、謝りなさい、消せないような染みを自分の中に付けてしまったら謝りなさい。

父はヘビとマリア様の話も好きだった。神様の母親であるマリア様。小さな地球儀の上で黒いヘビを踏みつけてまっすぐ立つ聖母マリア。私は父に、どうしてマリア様ははだしなの、と聞いた。ヘビにかまれてしまうじゃない、革のブーツをはいて脚を守らないと。そして私は夜毎、お祈りした。神様、私をよい子にしてください、父から愛されるよい子にしてください、家族をお守りください、勇気をください、私の罪を許してください、と。あとはどんなことを祈ったのか、あまりに昔のことで思いだせないけれど、いずれにしても、もう二度と祈りを捧げたりはしないだろう。

今になって思うと、ばからしくて笑いだしたくなる。私はこの祈りを二年間、毎日、繰り返していたはずだが、ある事件を機に、ぴたっと祈るのをやめた。

まだ十歳かそこらの、五月の暑い日のこと。その日は母の日で、本当なら母と一緒に過ごすべきだったのに、私はどうしても好きな男の子と一緒にいたかった。十歳といっても当時の私はとてもかわいくて、まだ思春期特有の不安定さも抱えておらず、やせようと努力する必要もなく、むしろ早くおとなの女性になりたくて、パッドのかわりにハンカチを両サイドに詰め込んだブラジャーをするほど背伸びをしていた。その頃からすでに、醜い母よりも異性を好んでいた証拠だが、その日、私はその男の子といることを選び、自分の寝室で裸になって遊んでいた。そして、ちょうどその男の子に指先で両脚のあいだを探られ、痛くて目を閉じていたところを父に目撃されてしまったのだ。それ以来、私の人生は変わった。父の話はおろか、声を聞くのもいやになり、父の前ではいつもしかめっ面をしているようになった。わずか十歳で罪を犯し、父のかわいい娘でなくなった。五月の太陽を浴びるたび、今でも、この恥ずべき事件を思いだす。

小さい頃の私は本当にかわいかった。近所でも学校でも一番の美人で、みんなから「青い目」と呼ばれていた。ほら、青い目が来たよ、青い目が泣いてるよ、と。あの頃のほうが、私が望む人生には近づきやすかったのかもしれない。

自分が絶世の美女として生きている夢もよく見る。その夢の中の私は、一度でもその姿を見たら、一生忘れられなくなるような美女だ。褐色の豊かな髪、輝きを放つ緑色の目、ひろい額と小さな鼻、頬骨の高い頬と、大きくてふっくらとしたバラ色の唇、すぐにでもキスをしたくなるような唇、男たちをイチコロにしてしまう微笑み。つまり、夢の中の私は、どんな男であろうと、たちまち妻と別れさせることのできる女、世界中の男たちの中から自由に男を選べる女、どこに行っても、もっとも熱望される、もっとも美しい女。そして一日に何度も、私は自分の名前を呼ばれる。「あなたの虜《とりこ》になったとたんに、他の女たちに対する欲望がすっかりなくなってしまった。あなたを恨むよ」。こんなことをささやいてくれる男が好みだ。

この夢には、私によく似た姉がひとり登場するが、ひとときも離れられないような関係からすると、ひょっとすると双子かもしれない。私が苦手なことは姉は得意で、私がなにかに失敗すると、彼女がその穴を埋めるように、いとも簡単に成功する。その逆もまたしかり。それぞれに強さと弱さを抱え、お互いに補いあい、助けあって生きている。ふたりともお互いを裏切るようなことは決してせず、たとえ裏切ったとしても、後悔に涙を流しながら、すぐに仲直りをする。誰も邪魔できないほど固い絆で結ばれているのだ。

男を巡って争ったりすることがないので、男でさえふたりのあいだには割りこめはしない。私たちはお互いを映し出す合わせ鏡のような存在で、それぞれが自分であり、双子の片割れでもあるのだ。大学で授業を受けているときや、この部屋で客の相手をしているあいだ、姉が退屈するといけないので、もうひとり想像上の姉を用意した。インコが狭いカゴの中でも耐えられるよう、鏡を与えるように。そして、私の孤独な頭の中で、少しでも姉が社会性を持てるように。

考えてみると、私の今いる場所には、私じゃなくて別の誰かがいるべきだったと、人生の経験から知ったとき以来、私には分身がいるような気がしている。なにをやっても、あんたには才能なんかないのよ、とひっきりなしにささやきかけて来るもうひとりの女の子が。架空の姉は私の頭の中で増え続け、いつしか大家族になっていった。家族といっても、男はたったひとりで、あとはみんな女。母と、その娘がふたり。母は実は、家族にひとりしかいない男の娘かもしれないのだけれど、とにかくその男とのあいだに娘たちを儲け、そのふたりの娘も、その男とのあいだに子どもをつくっていく。つまり、その男は彼女たちの父親であり、夫であり、同時に母親の夫であり父でもある。そしてふたりの娘たちは、それぞれふたりずつ孫娘を産む。その孫娘たちも父親の未来の妻となる。七人の女が三代にわたって、母であり姉妹であり娘となる。

この一族は深い絆で結ばれた家族となり、それぞれがおそろしいほどそっくりで、誰ひとりとして見分けがつかない。世界のどこに行っても、彼女たちは愛の女神となり、男たちは、なんとかしてこの奇跡に参加しようと殴り合いのけんかまでして、次なる父親になりたがる。ところが彼女たちによって選ばれた父でさえ、誰が誰なのか区別がつかない。見掛けはそっくりだが、彼女たちはそれぞれ、心の底に自分のアイデンティティを秘密として隠し持っている。なぜかわからないけれど、私はそんなめちゃくちゃなことを考えている。

想像の中で、日に日に重要な存在になっていく私のワンダー・ウーマン、魔法の姉について、時々、精神分析医に話をする。「で、どう思いますか、分析医さん。こんなこと考えるのはやめたほうがいいですか。でももう、夢の中の家族が増え続けていくのを、私は止められないんです。頭の中にしっかり根付いてしまって、彼女たちがいなくなると、突然、私は空っぽになってしまう。そうそう、私、いつか娘ができたら、モルガンって名付けようと思うんですよ。どういう意味か知りたいですか。モルグ（霊安室）とオルガン（器官）。娘には命の重さと死の冷たさ、そのふたつをあわせ持っていてほしいんですよね。あ、でも、ご心配なく。どうせ私が娘を持つことなど決してありませんから」

妊娠なんて、なんだかやたらと時間が長すぎるし、肉感的すぎるし、ふくらんだものをまた縮めるには大変な努力も必要だろう。そんなことをするくらいなら、幻想の中で娘の個性を広げていくほうがいい。魔法の杖をひと振りしただけで、増えていく女たちを想像するほうがいい。夢の中のすべての女たちを黙らせるためには、私の頭を切り落とすしかない。

それか、男たちはもう通りで女たちを振り向くのをやめて、女たちは鏡を捨ててしまうか。あるいは、この世に性がひとつしかなくなればいいのかもしれない。もしくは、すべての女たちが男にも世の中にもうんざりして一斉に自殺してしまうとか。ありそうもないことがたくさんありすぎる。だから私は夢を見続ける。結局は現実に順応しなくてはならないのだから。

あたりまえのことだけれど、私が生まれる前、父はすでに男としての人生を送っていた。せいぜい二十歳を過ぎた頃、若かったから簡単に勃起しただろうし、イクときにはたやすく神様のことも忘れただろう、その頃、もうすでに母に向かって、自分だけがオレの女だと思うな、と通告していたはずだ。色気づいた娘たちがまわりにたくさんいて、しかも、リズミカルに揺れる胸を次から次へと見せびらかされていたら、父が母ひとりでがまんしていられるわけがない。美しい胸を見れば、触りたくなるにきまってるし、じっくり観察するために、もっと近寄ってほしいと願うにきまってる。

母から聞いた話だが、父は若い頃、下着メーカーで品質管理の仕事をしていたという。お針子たちに下着を試着させて、不具合がないかチェックをしたりサイズの調整をしていたらしい。いやらしい指先で繊細なストラップをつまんだり、レースをなぞったり、あわよくば縫い目がほどけてしまえばいいなんて思いながら、夢心地になっていたはずだ。

営業の責任者になってからは、下着の見本をスーツケースに詰めこんで、海外をしょっちゅう旅していた。旅するだけでなく、商品を試着させるために、父は女たちにお金を払っていた。下着がよく似合う女もいれば、そうでもない女もいる。美しく、若い女性たちには、頻繁に試着を頼んでいたはずだ。乳首が透けて見えるような生地にレースをあしらった、そんな下着を作りたくなるような女性たちに。

私が生まれる前から、父はすでに母から離れていた。本当なら母だって他の女たちと同じように、男を興奮させるために科《しな》を作って歩いたり、必要とあればすぐに着ているものを脱げるよう工夫をしたり、からだの至るところに男の指をはわせたりしてもおかしくなかった。男の視線をいつも浴びている女であっても、ちっともおかしくなかった。そうなっていればよかったのに。娼婦になっていればよかったのに。

ところが、母がまだ美しくいられた若い日に、私が誕生した。母親になってしまった以上、母は誰の娼婦にもなれなくなった。子どもをひとり産んで、人々から賞賛されたことで母はすっかり満足してしまったのだろう。私は、亡くなった姉を数に入れなければ一人っ子のままだ。母が私のおむつを替え、子育てに追われているあいだ、父は出張で海外を旅し、他の女の胸をわしづかみにしていた。子どもを寝かしつける時間などおかまいなしに自由を謳歌《おうか》していた。そもそも、父は母の腹に子どもを宿すという義務を遂行して以来、部下の女性たちとの情事に忙しく、母には指一本、触れていない。母に触れるかわりに、恋人や夫を刺激しようと美しいサテンの下着を試着する女たちの肌を欲しいままにしていたのだ。世の妻たち、ことさら母親たちが下着の試着などしても、私には嘆かわしく感じられるだけだ。だって、サテンという生地は子どもなどいない若い女性が身につけてこそセクシーなのだから。

子どもを持つ母親たちを目の敵《かたき》にしているように思われるかもしれないけれど、私はどうしても、妊娠によってからだの線が崩れ、ひとりの女というより、なになにちゃんのお母さんとなって子どもの陰に隠れてしまう人生を受け入れられそうにない。だから私は子どもはいらない。もう二十歳の娘でないことを、常に思い起こさせるような娘を産んでしまう危険はぜひとも避けたいし、娘が下着姿で気取って歩きまわり、ピエールやジャンやジャックという名の親父たちと売春する姿も絶対に見たくない。

本当は私だって、壮大な景色や沈む夕日、リラの花の香りなんかについて語ってみたい。私を幸せな気分にしてくれるものがあるなら、性器を持たない、罪のないもの、一族の歴史やキリストの誕生、南極大陸征服なんかについても語りたい。でも、自分の抱えている不幸の面倒をみるのに忙しすぎて、そんな余裕がない。死ぬことに忙しすぎて。だから本質に向かって、私を殺すものに向かって突進すべきだ。

どうして私は、こんなふうになってしまったんだろう。どうしていつもこんなふうなの……その理由を知りたい。いいえ、知ってはいるけれど、納得したい。私がこの世に誕生すると同時に、母から若さと、男たちの視線を奪ってしまった私は、母を殺してしまったのも同然。だから今、母の死を自分の命で償おうとして必死になっている……きっと、そういうこと。

そうは言っても、本当は私のせいじゃない。だって、この母親から生まれることも、この家族に生まれてくることも、自分で望んだわけじゃないし。だって、もしそうだとすれば、人は選ばなくても、なにもしなくても、罪人になれるわけ？　ただそこにいたという理由だけで、関係ないことを見たり聞いたりしただけで、罪人になれっていうの？　キリストの死について、ユダヤ人虐殺について、遅れてやってきた梅雨、海に墜落した飛行機、私は母の醜さに責任があるというのだろうか、自分の醜さにも。だとしたら、この醜さを世の中に感染させてはいけないし、そのために死んでしまうことになる誰かに伝えてもいけない。私をダメにするものは私以前にあった、母がしなかった振る舞いの中に芽生えていたのだ。空虚にはある意味、重力がある。遺伝するものだ、なんの問題もない三世紀、忘れられた十世代、何も言うことがないから語られることのないような話はいらない、勝利やハーレム、魔法を掛けられた人の群れ、車いすの選手、時間割のある人生はいらない。日の出と日の入りのあいだに仕事のアポや同じことを繰り返す日々はいらない。汚点のない人生なんてつまらない。荒れた思春期、四十代の危機、離婚、借金、小さな支障が織りなす日々。どれも私とはなんの関係もない、母のベッドへと逸脱していく私の思考とも関係ない。

私は誰も知らない。これほど激しく頭にこびりついて離れないというのに、私は母についてさえよく知らない。美しさを風にさらわれて以来、死んだような状態になって、黙りこんで寝てばかりいるから、深く知ることなどできやしない。こんなにしつこく考えているのは娘の私くらいで、ほかの人たちは母の存在など、とっくに忘れてしまったはずだ。私は、誰からも想われなくなった分まで母のことを考えなくちゃいけない。そんなことを娘に強制するから母が憎いのだ。憎しみを胸にベッドに寝そべって客の相手をしているだけの人生であっても、頭の中では毎日、毎日、母を生かしてあげている。そんなことしてるのは本当に私だけ。どっしりとのしかかってくる母の重みのせいで、私の精神は押しつぶされて息苦しくてたまらない。

やっとのことでしか動かせない硬直しきった屍のようなからだなど、いっそ、葬《ほうむ》ってしまったほうがいいような気がする。二度と浮上してこられないように、最高に硬いコンクリートで覆ってしまうといいかもしれない。そうすれば私は、ようやく母の重圧や強迫から逃れられる。それより、母が自ら起きあがり、断崖のうえから身を投げられればそれに越したことはない。でも、自殺するにはエネルギーが必要。この世から解放され、人間のクズでなくなるために自分の重みを認識するためには、かなりのエネルギーが必要だ。

ふだん私はよくしゃべる。ひとりでいるときには、しゃべりすぎるくらいしゃべる。それなのに精神分析医の前では考えるのが苦痛になってしまうせいか、思うように話せなくなってしまう。彼は私の言葉の裏側に隠れていることに集中しすぎる。私が自分でも気づかずに知っていること、あらかじめ知っていることを話しても意味がない。そうでなくても彼は、分析医のくせに、私の考えていることに興味がないように見える。患者の私が目の前にいるというのに、ほかのことを考えているような気がしてならない。家に帰る途中、スーパーマーケットで買わなきゃいけないもののリスト、そろそろ書き始めなきゃいけない次の本の内容、ほかにはどんなことがあるのか知らないけれど、日常の心配事に気を取られているようにみえる。

話している相手がどうでもいいと思っている空気が伝わってくると、ソファに横たわっていることに嫌気がさしてくる。患者の私が居心地悪いっていうのに分析医が居心地よさそうにしているなんて、ちょっとおかしくない？　そこで私は、なんとかして医師の心の平穏をぶち壊してやろうと話題を変える。眠っているあいだによく見る夢について話しだす。

「私は昼間より夜の方がずっと好き。太陽よりも星が好き。睡眠は私をきれいにしてくれるって信じているんです。私の見る夢って、すごくスケールが大きいの。千階建てのビルが通行人たちの頭上に崩れ落ちてくる夢とか、おびただしい数のアリが車が行き来しているのもかまわず通りを移動していく夢とか、嵐とか、雷とかに遭って死にそうになる夢とか、地下に向かって落下していくエレベーターの夢とか。エレベーターの落下を止められるものはなにもなくて落ちれば落ちるほど穴が少しずつふさがっていって、エレベーターは二度と地上に抜けだすことはできないのよ。

あ、最近、こんな夢を見たわ。海の底で電話が切れてしまう夢。もしもし、ママ、ママの声が聞こえない、泣かないでママ、ママ、どこにいるの、電話番号をなくしてしまったの、忘れてしまったの、でも、答えてよ、ママ、よく聞き取れないの、なぜ私の指は麻痺しているの、なぜもう話すことができないの。どんなに声を掛けても返事がないんです。電話のベルがむなしく鳴り響いているだけで誰も答えてくれないの。たぶん、声を掛けているのが私だってわかってるからでしょうね、それに、番号も間違っているし、私にはお金もない。それでもしつこく私は叫び続けるんです。ママ、もしもし、どこにいるの、どうしてこんなに私はママから離れてしまったの、ママの声も聞こえないほど、ママの人生から遠くへ来てしまったの、ママが死んでいるベッドにひとりぼっちにしてしまったなんて、私はどうしてそんなことができたの……」

また母の話になってしまったかと思うと、これ以上は続けずに話題を変える。分析医の居心地を悪くさせられたかどうか以前に、自分の気分が悪くなってしまうから。この夢は、幼い頃、父からの電話がないと言って母が泣いているのを見たとき以来、繰り返し見ている。父は新しい下着を詰めこんだスーツケースを持って出張中だった。母は涙のわけを子どもの私には話さなかったが、幼いながらも私には、父が、母のことも、私のことも忘れてしまっているんじゃないかと感じていた。そしてもう少し大きくなると、あのとき父は他の女と一緒にいたんだな、と想像するようになった。先週だったのか、何カ月も前のことだったのかは忘れてしまったが、十歳の子どもに戻った夢を見た。夢の中でも、私は父に気に入られたいと望んでいる少女だった。父は私が学校で描いた絵をしげしげと眺めていた。白い空に青い雲、赤い光線の入った黄色い太陽と緑の野原。家の屋根から煙突が斜めに飛び出していたりして、なんて幼稚な絵だろうと私は恥ずかしかったのだけれど、父の意見は違った。見てごらん、と父は言った。悪がこの空に潜んでいる、まだ芽の状態だが、しだいに大きくなって赤くなり、紙を焼きつくそうとしているよ、と。

意味がよくわからず自分の描いた幼稚な絵を見ていると、空がゆらゆらと動き始め、渦巻きが星を運び去り、天の川の波が引いていった。そして、雲の青の色がだんだん薄くなったかと思うと、真っ黒になってしまった。すると、なにも訊いていないのに父が、これはヘビの血の色だよと言った。おびただしい数の黒いヘビに覆われた空。「違うわよ、パパ、マリア様のお洋服みたいに、白と青よ」。私は怖くなって、必死に反抗した。「本当だね、今は白と青だが、雲のあいだに悪は隠れているんだよ。もっと近くで見てごらん、悪はどこにでもいるんだ、ことに子どもの絵の中、つまり子どもの頭の中にね。というのも、おまえも大きくなれば、ヘビになるんだ、みかけは違っても、おまえはヘビになって、青空のうしろでヘビの群に加わってうごめくんだ」「そんなことないわ、パパ、そんなの嘘に決まってる」。どんなに抵抗しても、父は薄ら笑いを浮かべるだけ。私はどうすることもできず、悲しくて悲しくてたまらない気持ちになった。それでもなんとかして自分の心には悪意などないことを父にわかってもらおうとして、別の絵を父に見せようとすると、絵に火がついて、野原は男たちが殺し合う海賊船に変わり、死の旗をかかげ、海が真っ赤になってしまった。あいつらはみんな、地獄に堕ちた、と伝える、大きな叫び声も聞こえてきた。「なんて悲劇的な夢だと思いませんか、分析医さん。十歳のときに私は悪い子になったんです」。

返事はない。そこで私は口を閉じ、また沈黙が訪れ、分析医は日常の心配事に意識を戻す。私がもっと話そうとしないのは、もっと知ろうとしないのは、私の見る夢があまりに明白すぎるから。なぜこんな夢ばかり見るのか、分析医に聞いてもらわなくたって、わかりきっている。私の頭の中は雑然としているように思えるかもしれないけれど、実はほかの考えが入りこむすきもないほど理路整然としている。そのために、疑問も浮かばないほど答えが明確すぎて、その答えに追い詰められて私は息苦しくなる。

それなら分析医などいらないはずだけれど、単純に、私は誰か証人が必要なのだと思う。本当は両親に向かって直接、吐き出すべきことなのかもしれない。でも、それができないから。私が死んだとき、私の頭の中にあったことを両親には知ってほしいから。穏やかに幸せに学生生活を送っていたなんて、絶対に思ってほしくないから。そして許してほしいから。

そもそも精神分析医というのは、許したり、許しを乞うためにいる。娘よ、許して、ママ、許して。でも、私は許すことを知らない。今のところ、執拗に迫ってくるペニスに耐えることとしか知らない。

罪の意識とか醜さとかじゃない、何か他の話をしたい。心からそう思ってる。たとえば、狂気とか、すべての説明になる錯乱とか。たえまなく同じことを演じている母をお払い箱にしても死ねず、私から近づくとよそを向くのにそれでも尽きることのない男たちの欲望のせいでも死ぬことができない私の無力とか。

私の話は延々と続く、死の床からの見解、記憶がなくなってしまえばいいのに、叫び声が聞こえなくなるほど叫ぶことができたらいいのに。自分の話とは関係のない音で覆いつくし、新しく作り直した世界で私の人生は狂気で満たされ、男も女もいなくて、祈りと敬虔なふるまいと、バカ笑いと鐘の音になればいい。ベールをかぶった無数の女たちにまぎれて、木の数珠を首にさげて、神様の前でひたすらひれ伏そうか。でも、もう遅すぎる、すべてに吐き気を覚えているときは、すべてが手遅れだ。いまさらシスターのように信仰に生きるわけにもいかないし、記憶を消し去ることもできない。だから結局、明日も同じこと。美しいブティックが並ぶ通りで、ショーウインドーを飾る若い女の子たちの水着姿や下着姿を嫉妬深い目で眺めつつ、行きかう男たちの視線を彼女たちから逸らして自分のほうに惹きつけようとする。

ポスターの女の子たちは流し目なんか使って熟女を演じているけれど、本当はまだ思春期の青臭い女の子。ほんものの女はこの私よ、大声で叫んで、男も女もひとり残らず振り向かせたい。濡れた水着から浮きあがる乳首を見せて、男たちみんなのアレをいっせいに勢いよく勃起させたい。他の女の子たちをみんな消し去って、この世で唯一、魅力的な女の子になりたい。そうなったら私は、私の醜さをさらけ出すことができる。ベッドの下に投げ捨てた人形の縫い目を見せることができる。初めて、紐につながれて死んでいける。私が死んだことをポスターにして壁という壁に貼ろう。劇場の舞台で死んでいくように、割れんばかりのブーイングに包まれて。

もともと私は、自殺をするのでなければ、誰かに殺されて死ぬに違いないと思っている。客に対する言葉がたったひと言、多すぎたから、話すのを拒否したから、黙っていればいいものを、つい、「ほんとね」と相づちを打ってしまったから、それだけの理由で狂った男の手で首を絞められてもおかしくない。娼婦は嘘つきだし、他の女たちの目をくらませる性悪女だ、彼女たちの夫をひとつかみにして人口過剰で家族のいない世界へとかっさらってしまう。私はきっと熱狂的に考えていることを黙りすぎたことで死んでいくのだろう。外界のすべてを無視して生きる人生を閉じることになるのだろう。この部屋とは反対側にある素晴らしい世界を、限りなく広がる景色もあえて目を開いて見ようとすれば、つまり、本当に力を込めて、一気に美しさが目に飛び込んでこないように目を細めれば見えるのに、それも見ずに死んでいくのだろう。天体が人間の運命に及ぼす影響について一度も質問しないうちに死ぬのだろう。骨密度を増やすための食習慣が与える打撃についても、春になるととどろくような音を立てながらひびが入る氷原も、三百万年前にできた古いツンドラが残る北極の残酷さも、エコロジストたちの視線に見守られる中、赤い苔が花開くのを見ることもないのだろう。

私特有の変わった押し黙り方にがまんできなくなった男の頭に血がのぼれば、骨をへし折られたり、首を絞められたり、ひょいっと抱きあげられて壁に投げつけられたりするかもしれない。正直なところ、私はいつもそうなることを望んでいる。いつもそんなことばかり考えている。私の死体はベッドのうえで発見されるべきだ。娼婦の息が止まったのに気づいて正気を取り戻した男は、あわてふためいて逃げだすだろうか。それとも死体となった私のからだをベッドに横たわらせ、いかにも寝ているように見せかけてずらかるだろうか。いや、そんな余裕もなく、死体を床に投げだしたまま、シワだらけのシーツをばさっと掛けて部屋を出ていくかもしれない。強姦され、殺された女性の頭に枕をかぶせた映像はテレビや雑誌でよく目にする。なにごともなかったように見せかけるために、遅すぎるし、場違いなのに、あえてショーツをはかされた状態で発見される場合もある。私は、できればありのままの姿で発見してもらいたい。すっ裸で冷たくなっている死体で、なにも包み隠すことなく、なにも否定できない状態で。そして、みんなには、ずっとずっと、その状態を記憶にとどめておいてほしい。

悲惨な終わりを迎えた私の人生を、かわいそうに、とみんなが言うだろう。殺したのは最後の客に違いないと大声で叫ぶだろう。あるいは、純粋な客ではなく、私が娼婦だと知ってショックを受けた恋人の仕業《しわざ》だと言うかもしれない。はたまた、私が男にこれほど好かれていることに嫉妬した父親か姉妹の犯行か。捜査が始まり、まずは両親の事情聴取だ。娘の突然の死、他殺死体、容疑者は男、事件の起きた場所、なぜ娘はその場所に裸でいたのか、その理由。両親はそれまで想像すらしなかった事実を次々と捜査官の口から聞かされ、ショック、屈辱、困惑を抱えきれずに、気が狂ってしまうかもしれない。証人の誰かに、「棺は閉めておいたほうがよろしいのでは、こんなに変型した顔を見られたら、噂になるでしょう、お気の毒に」なんて耳元でささやかれるかもしれない。

両親がその後どうなるかは別として、私の人生はお祈りとけばけばしい色の献花をささげられて、そこでおしまい。それ以降、私は人々の頭の中に、無分別で非常識な行為の象徴として記憶に残る。

人生や人々に対する考え方を、ある日、もはや変えることができなくなるなんて、知らなかった。自分の死を探求し尽くすことなく、百回も告げることができるなんて思っていなかった。死にたい、と思い始めたころ、どれほど自分が本当のことを言っているのか、私の行為の後ろ側にどれほど死が潜んでいるのか気づいていなかった。

「きみは本当に危険なことをしているね」と、私がこの仕事をしているのを知っている人からよく言われる。外界から閉ざされた秘密の空間では、いつなにが起こるかわからない。しかもここにやってくる客は、もともと性的に捻じれた傾向を持っている男たちだ。どんなささいなことで逆上するとも限らない。私のようにきゃしゃで、か弱いからだを痛めつけることなど、子猫を扱うのと同じくらい簡単だろう。映画や小説の中の話のようだけれど、現実にありえない話ではない。気の狂った男はどこにでもいる。特に、退廃したこの商売の現場ではなにが起こっても不思議じゃない。

とはいえ、扉を開けるたびに、ひょっとして父だったりして、といつも思っているのに、なかなかやってこないところを見ると、そのうち殺されるかもしれないと思っていても、実際は一度も危険な目に遭《あ》ったことがないわけだし、あまり起こりそうにない話だ。もともと娼婦というのは、罪のない若い女の子たちが学校の帰り道なんかで男にレイプされたりすることがないように、もしくは、未来の妻たちの純真をキープさせておくために存在するとよく言われる。

でも、忘れてはいけないのは、なにを言おうがなにをしようが、男たちの性欲を止めることはできないし、学校の帰り道であれ、どこであれ、女の子たちは男に犯されてみたいという願望を止めることもできない。期待していないような顔をしていても、女の子たちは男を刺激し、犯されるのを望んでいる。

これは太古の昔から受け継がれてきたことであって、これからもなんの不思議もなく永遠に続いていくはずだ。太陽が昇り、星がきらめくように、誰も、なにも止められはしない。

私は一度も、学校の帰り道にレイプされたことがない。いつもなにか起こるんじゃないかと期待し、荒々しく襲われるのを望んでいたのに。だから私は他の女の子がレイプされるのがいやなのだと思う。誰かがレイプされたと聞くたび、やっぱり私には男の理性を失わせ、動物に変えさせる魅力がなかったのかと思い知らされる。仕事と家の往復の道で、男に寄り道させることすらできないほど、思春期の頃から魅力に欠けていたのだ。頭の中で理想像を思い描いたり、目標とする女の人の真似をしたりしていても、現実の自分はずっとレベルが低かったという証拠。もっと激しく髪をかき上げ、制服のスカートから白いショーツをちらつかせ、人気のない場所に足しげく通うべきだった。

人がレイプされているのに指をくわえて見ているだけの自分を思うと、私はその頃からすでに母に似ていたのではないかと愕然としてしまう。過ぎゆく季節の中で、大陸が移動し、天体が動いている中で、眠りながら年を取ることしかできないでいたなんて……。　子どもたちは次々と生まれ、人生とそのサイクルは続いて行く、同じことの永遠の繰り返し。セックスと美しいものへの信仰、老いていく中でいかに若さを長引かせるかへの信仰。漫画のヒロインのように五十歳でも十七歳のような風貌でいること、マドンナのような、すべての娼婦のように。とはいえ、娼婦は三十歳では難しい、なぜなら、胸は愛撫されるにはほど遠い状態となり、背中は曲がってくるし、細胞が劣化してくる。特別な酸素容器の中に閉じこもって目を閉じて笑わないようにして新しい技術の開発を待つか、新しい治療法とか奇跡を待たなくてもすむという奇跡を待ってみる。そしてある日、変質することのない美しさを手に入れた白い服のあばずれが現れる。そのあとはどうなるだろう。幸せに暮らして、たくさん子どもを産むのだろうか。

でも、私はやはりそうは思わない、いったん手に入れた美しさはどうなっていくのか。美しさはどこに行くのか、誰に話しかけるのか、わからない。ひょっとして美しさは美しさそれ自体で喜びに浸っているのかもしれない。コーヒーカップに押し当てられる唇の美しさ、お皿に傾く頭、スプーンをなでる指、それぞれに意味のあるそれぞれのしぐさの美しさ。そして、存在理由に満ちた人生は、完璧に美しい何千ものしぐさに分散していく。

私は小さい頃は本当にかわいい女の子だった。大好きな縄跳びをしながらワンピースのすそを風にはらませ、未来に待ち受けていることも知らずに、私は一番かわいい女の子だと思いこんでいた。しかし黄金期は長くは続かなかった。思春期に入り、中学校にあがると、あきらかに友達のほうが私よりずっとかわいらしくなっていった。どうして？　なにが起きたの？　私は焦った。焦りと、理由がわからないために怒りを抱えて、ひとり悶々としていた。

顔にも口にもださなかったけれど、クラスのきれいな女の子の顔がゆがんでしまうのを、何度となく想像した。隣のクラスのかわいい女の子が大火傷を負い、ストレートの長い髪がちりちりに焼けて悲惨になった姿や、男の子にちやほやされている子が癌に冒され、自慢の胸を切除しなきゃいけなくなって泣き崩れている姿……今、思うと恐ろしいことばかり願っていた。拒食症の傾向は、その頃からすでに始まっていた。食べることを拒否したのは、他の女の子たちとの違いをはっきりさせておきたかったからだ。他の女の子たちは目に見えて胸が大きくなり、お尻の肉もつき始め、全体にぽっちゃりしていったのに反して、私はやせたからだに少しだけついた丸みで、おとなの女を気取っていた。

こうして私はますますスリムになっていったわけだけれど、もし学校の女友達が私の美しさを素直に賞賛してくれていたら、彼女たちから遠ざかることなど決して望まなかったはずだ。それどころか自分も、髪をカールさせて肉感的な女の子になってみんなの仲間入りができるように努力をしたかもしれない。ところが彼女たちは徒党を組んで、やせっぽちの私を笑った。頭をのけぞらせ、豊かな胸をゆさゆさ揺らしながら笑った。大半の女の子は肉感的な自分に満足しているようだったけれど、中にはスリムな美しさに影響を受けて、やっぱり小さいお尻のほうがずっとかわいいわ、と、それまで目がなかったチョコレートさえがまんして体重を減らそうと努力し始めた子たちがいた。そしてついに彼女たちの何人かが、やせ始めたとき、私はもうおしまいだと思った。いつだって誰とも似ていない、唯一の存在でいたかった私は、彼女たちが私に追いついてしまう前に、一刻も早く街に出なきゃと思った。そして生まれ育った田舎を捨て、街での暮らしを始め、仕事がしたくて娼婦になった。拒食症から娼婦へ。

なんてバカげたこと、なんて筋の通った、美しい転身だろう。

でも、娼婦になったからといって、拒食症が完全になくなったわけじゃない。今でも満腹になるまで食べるようなことは絶対にしないし、空腹でいることのほうが多い。でも、これは思春期のからだを一日も長く維持するため。スリムでしなやかなからだに、シリコンでふっくらさせた唇と胸。母が持ち合わせなかったものを一日でも長くキープするため。食べるものは、食材も量も目の前においてじっくりと検討する。これとこれを一緒に食べても大丈夫だろうかと食べ合わせを考えつつ、必ず、お皿の三分の一は残す癖がついている。天国と地獄を分かつ三分の一。三分の一掛ける三百六十五日で百二十一皿分もがまんしたことになる。

食べ物だけじゃなく、からだのエクササイズも怠らない。全身の八十パーセントの脂肪が集中しているのは、お腹、お尻、腿。そのすべてを引き締めるスポーツ器具のそろったジムに、毎週、月曜、水曜、金曜の三日間、必ず通っている。がんばりすぎて更衣室で吐いたりすることもあるけれど、人前で具合が悪くなるのは嬉しい。なぜだろう。きっと私は、うらやましがられるより同情されるほうが好きなのかもしれない。それに女たちの前では、私は自分をあえて見下し、へりくだることしかできない。ごめんなさい、私の罪を許して。愛されすぎて、ごめんなさい。だから私には女友達がいない。というか、本当の友達は。女たちとは距離を置いていたほうがいい。男に囲まれ、バリケードに立てこもっていたほうがいい。そう、私は女が大嫌い。へりくだり、笑顔を見せながらも、頭のすみっこで彼女たちを暗殺しているのが好き。

時々、精神分析医は私のケースを一体、どう考えているのだろうと疑問に思うことがある。娼婦として働いていることについて、私の醜さについて、それに、母への異常なまでの執着について、どう考えているのだろう。考えているのかどうかもあやしい。

他人の卑劣な行為に直面して抱くあわれみについて人はどう考えるのだろう。たったひとつのしぐさに凝縮される人生、たえまなく同じ壁を叩き、同じところをつぶして、おぞましい状況を、もう一度、またもう一度と始める人生について。そしていつも同じ結論。男はこうで、女はこうで、客はこうで、あばずれはこうで……。分析医は私がどこか他のところに行き着けると思っているのだろうか。私の気持ちをふさいでいることのうしろに隠れているものを、私が見えていると思っているのだろうか。私の話はスクリーンのよう、人が黙っていることを話さなければいけない。ベッドでひとりで死んでいく恐怖、なぜ人が死ぬかなんて、ありふれたことなのに。

ソファに横たわり、天井を見つめ、心の中でつぶやく。

ねえ、正直に言ってくださいよ、分析医さん。私がつらつらと話をしたところで、本当はなんにも変わらないんでしょう。だって、私の頭にこびりついている病巣は、分析医学のもっとも輝かしい治療法をもってしても打ち砕けないほど頑丈で、そう簡単には、はがせっこないんだから。ひょっとして私のほうに問題がある？　でも、顔の見えない相手に向かって胸の内をさらけ出すことなんて、なかなかできない。それに分析医の言うことも、すんなりとは頭に入ってこない。彼の口にすることは、精神分析に関する書物に書かれていることと、なんの関係もないことばかりだ。書かれている言葉はいつも、口にされる言葉よりずっと明確だ。話し言葉のように熱に浮かされていないし、何度でも読み返せる。

それならなぜ分析医は私の話をノートに取らないのだろう。なぜ見捨てられた雌犬の苦情を、ただ満足げに聞いているだけなのだろう。

ソファの位置から彼の黄ばんだ足の指が見えるのだけれど、私がうまく話せないのは、そのせいじゃないかと思うほど目障りでしょうがない。私が不快に思ってることに気づいているかどうか知らないけど、治療に支障をきたしているとしたら、医師なら気づくべきなんじゃない？　季節が夏であれなんであれ、分析医にサンダル着用を許しちゃいけない。分析医は患者にとって、器官も恥毛も体臭もない、カンペキに無機質な存在であるべき。それになにより、分析医は書きとめるべき。私の人生を、娼婦の症例を書きとめて一冊の本にして、その本は彼の狭苦しいキャビネを離れて多くの人々に読まれるべきだと思う。

しんと静まり返った部屋に横たわって、彼のサンダルの足を見ないように天井を見つめていると、唐突な考えも浮かんでくる。

なぜ人は首を吊って死にたいと思うんだろう、とか。

きっと、人にかつがれて二度と地に足をつけなくてすむようにと願うからだろう。リードにつながれた雌犬のように、誰かに身をゆだねて死にたいから。つまり、母犬にひょいっと首をくわえられる、警戒心も疑いもない、信頼のかたまりのような小犬になりたいから。そうだ、今まで気がつかなかったけれど、なんという発見。分析医さん、この関係が今、わかりました。私はもう、首吊りなど望みません。分析医さん、あなたはひょっとして私のことを、かかえてみたいんじゃない？　私にリードをつけて、足元まで引っ張って、あなたのアレを私の口に押しこみたいんじゃない？　そうでしょう？　素直に言えばいいのに。変なこと言ってごめんなさいね、先生。でも、私はあなたにはなにも隠せないんです。あなたと寝てみたいのは私のほう。あ、でも、本当はこんなこと言わないほうがよかったのかも。なぜ、あなたと寝てみたいか、それは、あなたも私の父のようだから。私の客はみんな、私の父のようなんです。そして私の母は私のようで、私は母のようなんです、ほんとですよ、そして私はいつもこんな鏡を見ているうちに自分を見失ってしまうんです、自分が誰なのかわからなくなってしまうんです。

あなたの奥さんなんて、はっきりいってどうでもいいけれど、おそらく、同じ年頃の女たちと同じように、おばさんでブスなんでしょう。少なくとも、あなたはもう彼女と寝たいと思わない、ね、図星でしょう。むらむらしたときには、雑誌を開いて、割れ目を指でなぞっている女の子の写真なんか見ながらマスターベーションする、ああ、目に浮かびますよ、先生。

私があなたと寝たいと告白しても、ちっとも驚かないし、困りもしないはず。だって同じような告白をする女は私だけじゃなくて、他にもたくさんいるにきまってる。若い患者が、自分の話に耳を傾けてくれているはずの分析医に夢中になるのは、治療の自然な流れ。悪いけれど、自殺願望のある娼婦を指す専門用語を使うのは好きじゃない。単純に「ビョーキ」と言ったほうが、正直だし刺激的。ビョーキであることを勝手に嘆かせておけばいいの。人間のクズとして正当に生かしておけばいいの。母と同じように考えると思われるかもしれないけれど、でも、千回くらいすでに繰り返しているように、私は、実は私の母なんです。

彼女がのらくらしているとすれば、それは私がのらくらしているから。人間のクズの腹から生まれてきた娘は、やっぱり人間のクズとして生きていくのだということを証明するだけならば、分析に分析を重ねて余計なことを理解する必要なんてない。それより、いっそ、火あぶりにされたほうがいい。だって母にそっくりなことくらい、自分が一番よくわかっているのだから。

思考が行ったり来たりして立ち往生するところ、コーヒーカップを唇に運ぶしぐさひとつ、太陽の光を受けて開いていく瞳孔の感度、壁に頭を叩きつけるやり方、いてはいけないところにいるという罪の意識、愛されていることへの罪悪感、それに醜さ、こんな自分でいることに耐えられないところまで、完璧に私は母とそっくりだ。

治療を始める前に、頭に浮かんだことを全部、なにもかも吐きだすこと、自由に話すこと、それが規則ですと言われた。でも、自由に話すといってもそれがどういうことかわからない、こんな治療で真実にたどりつけるわけがない。なにもかもわからなくなってしまうまで、何年も無駄に時間を費やすだけ。だから、私は全部、自分で決めることにした。話をして、解釈をするのは私。治療法も薬も私が選ぶ。ヒステリーになろうが、強迫神経症になろうが、うつになろうが、私の勝手。いずれにしても、治療を終わらせるための判決は、最初からすでに用意されている気がする。そして最後に分析医は、最初からわかりきっていたことを、こんなに長いこと黙っていられた自分をえらいと褒めたたえるのだろう。結局のところ、分析医に通うのは、分析医なしでも生きていけるということを知るため。それこそが究極の目的だ。

でも私は手放したくない。いつか手放したら分析医は私を説得することができたと喜ぶだろう。父親は父親でしかないのだから、自分の娘のような年の女の子のために妻を捨てたりしない、男たちは自分の居場所を最後のアポイントまでキープするだろうと。でも私はあきらめない、母親に放棄された幼い少女の私の不幸、子どもらしい夢はもっていても、支えがないためにお皿に頭をつっこんでいる、これほど大きな失望は簡単に忘れられるものではない、幾度となく思い出しては傷つくものだと証明してみせる。人間が間違っているのではなくて、私のような病的なエスプリのせいだ。ゴキブリの卑屈な精神、つまり、彼らではなく、人生の間違った側にいるのは私、母親のベッド、魔女たちのじめじめした地下倉庫。

とはいえ私は分析医のソファに横たわっているあいだ、ほとんどの時間、黙りこくっているか、寝ているか、寝たふりをしている。自分の話し声を聞くのがイヤだから。口を開くと罠にかかったネズミのような声しか出てこない自分に嫌悪感を覚えるし、昼間の光の中を暗い場所を探して走り回るネズミみたいでイヤだ。もっともっと輝きたいと心の中で望んでいるのに、苦痛にうめいている自分の現実を思い知らされるようで胸が締めつけられてくるから。そう、私は、やっぱり、きれいになりたい。なにがなんでも、美しくなりたい。激しい思いを一気に吐き出したいと願っている。

だって私にも気が狂うほどほしいと思っていたものを手に入れる権利はあったんじゃない？　でもそれはなんだったんだろう、わからない、何かを知ろうと思ったら人生をやり直さなければいけない、そういうこと。でも、そんなことできるわけない。だからアメリカのくだらないドラマとか映画に出てくる人形みたいな女の子を見て驚嘆しているしかない。夫を家につなぎとめておきたい人形。どうしてうちにいないの？　家庭より仕事が大事なの？　私にはあなたが必要なの、退屈なのよ、あなたをいつまでも勃起させられるようにきれいでいる努力をするほかはやることがないんだもの、年をとったら努力することさえ無駄になってしまうのよ。

とはいっても、若さをキープするにも時間が必要だ。終始、肌の保湿をして、化粧をして、胸を大きくして、唇をふっくらさせて、ウエストはくびれていなきゃいけないし、白くなった髪はブロンドに染めて、シワを隠すために皮膚を焼いて、静脈瘤を隠すために脚も焼いて、つまり、人生の痕跡が見えないようにするために全身、焼き尽くして、時間からも世界からも離れたところで生きるのがいい。グラビアを飾る水着を着たお人形みたいに死んだように生きるか、白い肌で孤独に生きるマイケル・ジャクソンみたいに、完全に白くなれないから、完全にブロンドになれないから死んでいくか。

はっきり言って、アメリカ映画に出てくるような絶世の美女の仲間入りができないのが悔しくてたまらない。現実の自分よりずっとずっときれいな自分を、夜な夜な、夢に見ているのも、毎日、テレビできれいな女の人を見ながら、自分はあんなふうにはなれないとあきらめなければならないのも辛い。そうはいっても、男たちは私と寝るためにお金を払うのだから、そうそうブスでもいられないし、めちゃくちゃブスだったら客も来てくれないはずだ。

てことは、私は自分が思っているほど醜くないってこと？　限られた人たちにとっては、私はけっこう、きれいってこと？　こんな堂々巡りの気持ちを分析医の前で素直に打ち明けられたら、少しはらくになるのだろうか。でも、言いたいことを適切に表現できないために、なにを話しても必ず、いつでも母の話に戻ってしまう。やっぱり、自分のことよりも、まずは母のことを理解したいという気持ちが心の底にあるからかもしれない。

母はどうしてみんなが自分から離れていったか、私なんかよりずっとよく知っている。私のものでもあり、彼女のものでもある醜さについてずっとよく知っている。でも、母は泣きごとが多すぎた、父の不在を嘆きすぎた、翼を広げる術を知らず、あ、そもそも翼を持っていなかった、飛び立つ前にくずおれてしまった、巣の中に忘れ去られた小鳥。生きていると言えるためには、生き延びているだけでは十分じゃない。ひとりで歩くこと、他の場所でうめくためであったとしても、時々はベッドから出なくてはだめだ。たとえば、森に死にに行くとか。娘の目の届かないところで、自分の不幸から逃れて別の世界に行きたかったのだと信じこませるために、眠れるプリンセスの城塞を離れて生きる屍ではなくなるチャンスをもう一度、手に入れるために、人生を与えてくれるキスに出会いにいくために。

母がもう年寄りで醜いことを忘れてしまうところだった。誰もキスなどしたくないだろう。でも、昔から醜かったわけではないのだから、こんなふうに老けてしまうまでには、つまり、起きたり、からだを洗ったり、食べたり、愛したり、普通のしぐさを忘れてしまうまでには、そうとう時間がかかっているはずだ。

子どもの頃、私は母のことをきれいだと思っていた。赤い水着を着てビーチに寝そべっていた母の姿を今でもよく覚えている。一緒にバカンスを過ごした叔母たちと、胸元や背中に日焼けの跡が残るのを気にしたりして、今思えば、おしゃれに気を使う、まともな女性だった。母も叔母たちも、三人ともみなそろってスリムな体型で、透き通るような白い肌をブロンズ色に焼いて、鼻の頭を赤くして、笑うと白い歯がこぼれて、みんなきれいだった。

今、若い頃の母の写真を見てもきれいだと思うのだから、私の記憶違いではないはずだ。確かに、白黒の写真は日中の日差しやスーパーマーケットの蛍光灯のもとにいるときより肌を明るくきめ細かく見せてくれるので誰だって十歳は若く見えるし、しかも、しゃれた額に入れてナイトテーブルにでも置けば、グレー・トーンの写真の中では誰でも夢の姿に近づけるけれど、それにしても、母の写真には醜さのかけらさえない。母のベッドの横のナイトテーブルのうえにも、彼女の若き日の写真が飾ってある。シーツの下から、たまには、きれいだった自分を見ることもあるのだろうか。あまりに変わり果ててしまって、写真に写っているのが自分だとは思えないかもしれない。あるいは、こんなに若くて美しかったのに、それでも父から愛されなかった日々を思い出すのが怖くて、自分だと信じたくないかもしれない。一見きれいでも、魅力や優しさ、希望や華やかさといった、愛されるに値する要素が欠けていた事実が、写真から透けて見えるのが怖いのかもしれない。写真は語りかけても何も答えない。人と同じで古くなっていくだけ。白髪と同じで黄ばんでいく。額におさめられた若さも黄ばんでいく。この写真から出て行くことなんてできない。

女のからだを買いに来る男たちは、自分の母親や妻が「女」を捨てて生ける屍のような状態になることについて、なにかしら考えたことがあるだろうか。

ひょっとして気づきもしないかもしれない。そこまで鈍感だと思うと悲しくなるけれど、私の客を見ているだけでも、勃起したアレをフェラしてもらうこと、会議の時間に遅れないようにすることに忙しくて、他のことを考えている余裕はなさそうだ。たまに客が悲しそうな顔をして言う。「自分の娘にだけは、こんな仕事はしてほしくない。こんな仕事、どこも誇れるところがないじゃないか。まちがっても娼婦にだけはなってほしくない」。いい加減に黙らないと、目をくりぬいて、骨をへし折ってやろうかと思う。私を誰だと思ってるの？私だって、どこにでもいる父親の娘なんだからね。そもそも、自分はこの部屋で一体、なにをしていると思っているのだろう。自分の娘にはそうあってほしくないと言いながら、情けないほど顔をゆがませながら、私の顔に精液を飛び散らせているくせに。そんなことしながら、娘の前に行くと、突然、まともな父親ぶって、嘘っぽい仕事の話や、クリスマスの休暇にキューバに行く予定や、新しいコンピューターのプログラムの話なんか聞かせているんだろうから、たいした役者というしかない。でも私は、そういうことを言うやつに限って、本当は心の底で、自分の娘も世界中の父親たちのペニスをフェラしているんじゃないかと疑っているんだと思う。

娼婦はますます若くなって、人数も増えて、お仕事代もだんだん安くなっている。そんな歴然とした世界的傾向を無視して、うちの娘に限ってそんなことはないなんて、誰が断言できる？　それとも、あなたの娘は、「どんな職業の、どんなスーツを着た男たちにも股を開くようなまねはしません」とでも誓ったの？　どんなふうにして娼婦が生まれ、売春という商売が成り立つようになったのか、いい年して知らないなんて言わせない。どうやって、自分の娘がだれかれかまわず口を開けて、ペニスを受け入れるようになったと思っているのだろう。

娘たちが娼婦になる一歩を踏みだしたのは、他でもない、学校の帰り道だ。風が吹くと、制服の短いスカートの裾がひらりと舞って、白いショーツがちらっと見えた。その瞬間、彼女たちに注がれた男たちの熱い視線が、娼婦をつくりだしていった。パンチラの快感を覚え、しばらくすると、娘たちはベンチで濃厚なキスを交わしているカップルを見ても、頬を赤らめなくなる。すでに自分たちが実践し始めた証拠だ。途中で寄り道をしてしまうから、おばあちゃんの家に遊びにいく回数がみるみる減っていく。それほど娘たちは、呼ばれると、ほいほいと出かけていく習慣がついて、部屋でもどこでも平気で服を脱ぎ始める。気がつくと雑誌のグラビアページに登場したりして、通りで見知らぬ少年に「いつもありがとう」なんて、知らないところでイカせてあげているお礼を言われるようになる。

最初の一歩を踏みだしたら最後、あともどりなんかできない。老いという大敵が襲いかかってくるまで、ひたすらその道を歩き続ける。でも、気をつけなきゃいけない。娘たちというのは、突然、老ける。貴重品と言えるほど狭かった娘たちの割れ目がたるみ、ペニスの前にひざまずくときの緊張や驚きがなくなって、ただの麻痺状態に変わるには、たった数人の客と寝るだけで十分だ。かわいそう？　とんでもない。娘たちのことを無垢な犠牲者と考えるなんて、大変なお門違《かどちが》い。彼女たちは自分がそうなりたくてなったのだもの。そもそも、彼女たちにはそれしかない。彼女たちをなめ回すように見る男たちと同じくらい、彼女たちもよだれが出るほど見られたがっているのだから。そして、ある日、男は自分の娘と出くわす。嘘だろう、夢だと言ってくれ。なぜぼくが、なぜ娘が、とどんなに自問しても答えはでない。でも、出くわした瞬間、このゲームを楽しむには、扉を叩く男と、扉を開ける女、ふたりが必要だということくらいは、少なくとも理解できるだろう。

客の一団の中には印象に残る男もいる。たとえば、かつてはジャックと名乗っていたのに、今はマイケルと名乗る男。名前を変えることで、足跡をぼかしておきたいのか、名前を変えるだけで過去の自分の存在を消し去ることができると思っているのか、それとも、娼婦は名前に興味があるとでも思っているのかわからないけれど、いずれにしても、このマイケルはいつも同じ格好で現れる。ユダヤ人であることが一目でわかる黒い帽子と黒いコート。彼を包む陰鬱《いんうつ》なオーラと特徴のある鷲鼻《わしばな》、それに一度捕らえたら放さない、小さな、でも、燃えるような眼差しから、私はこっそり彼のことを安息日のカラスと呼んでいる。でも口に出して呼ぶときは、モーセと呼ばせて私を喜ばせてくれる。モーセは白いあごひげを生やし、砂漠の砂を踏んで歩く革のサンダルをはいて、海を割って道を作るためにすべてを知り尽くした表情で私の前に現れる。日本人、インド人、すべての国籍の男たちがやってくる私のベッドへ。私だって選ばれし者。私は夜も嵐の中でも勇敢に立っていたモーセを思う。モーセは腕に、十戒を刻んだ法律の石板を持っていた、生け贄として差し出される新生児のように。天から地獄が降ってきたように、人々の頭上に地獄の責め苦が亀裂をいれるように、雷をとどろかせるモーセ。

このカラスとは、毎回、必ず同じシナリオで事が進む。他の客たちも、それぞれ自分なりの勃起の仕方とか、からだの揺らし方、オーガズムに達するまでの息づかいなどを持っているのだけれど、このカラスとは、毎回、必ず同じシナリオで事が進む。部屋に入ってくると、まずはコートを脱ぎながら私に質問をする。「ぼくとセックスしたい？　舐めてもらいたい？　どこを舐めてほしい？」そして私に、できるだけ大きく脚を広げ、できるだけ長く、そのままでいてほしいと言う。私は彼の要求に応え、脚を広げる。「これでいい？」と私。「いや、もう少し、大きく。そして背を反らせ、頭をうしろにのけぞらせて、ショーツを横にずらしてほしい。四つんばいになって、お尻を高くあげて」とカラス。カラスの目の前で腰をくねらせることもある。最初はゆっくりと、だんだん激しく、腰を揺らすたびに、うめき声をあげるのも忘れずに。彼に喜んでもらえるように、私はできるだけのことはする。距離を置いたセックスは大好き。彼は肘掛け椅子にいて、私はベッドに。お互いにもだえる姿を見ながら、興奮を高めていく。

彼は私に質問しながら、最初はズボンの上から、次にチャックをおろして手を入れて、マスターベーションを始める。がくがくと動く手。すぐ手の届くところにいるのに触れはせずに、しぐさや叫びだけを繰り返し、映画でも観ているように私を見ながらマスターベーションに夢中になるカラス。私はこの瞬間が大好き。

しだいにうつろになってくる目、白いまつ毛に縁取られた黒い目が、私の胸や割れ目をさまよう。そのまま続けていれば彼は客としてカンペキなのに、最終的には、私に近寄ってきて挿入するという、ばかげた行為にでる。

七十歳の張りを失ったからだが覆い被さってくる。息づかいを荒くしながら私の口を求めてくる、おじいちゃんの口を、私は目を閉じて避ける。「だめです。私がキスをしないのは、ご存じでしょう、キスだけは絶対にしないんです」「いいだろう、今日だけは、ぼくのために。だって、ぼくは毎日、ここに来ているじゃないか、ぼくはお得意さんじゃないか」「だめですよ、私がキスしないのは、まさに、あなたが毎日、ここに来るからです。もし今日、キスをしたら、明日からもう来ないと約束してください』。キスの駆け引きをしているうちに、カラスが絶頂に達してくれれば、それはそれでいい。

若さにとって、「今日」という一日はいつも余分だ。どんなに努力しても、人は誰でも、毎日、一分一秒ごとに年を取っていく。この事実を理解するにも時間が必要、時間を掛けて理解していく。私たちは老いているのではない、若くないし、年寄りでもない、私たちはもう人生の中にいない、どこかよその場所にいるのだ。

私はいつまで娼婦でいられるのだろう。鏡に映してみたとき、美しさのかけらも見つけられなくなるまで？　お腹が出てきてみじめとしか言いようのないからだになるまで？　舞台に立っていないで観客側に行け、他人の若さを要求する側に行けと指差されるまで？

いつのことになるかはわからないけれど、娼婦の仕事から足を洗うとき、やっと性器を脱ぎ捨てられたと少しだけほっとして、私はふっと笑うだろう。笑うと口元にシワができることも忘れて。顔をゆがめて、こっそりイッていたときにできたシワより、ずっと生き生きしているかもしれないシワ。

でも、穏やかな気持ちは長くは続かないはず。だってすぐに、もっとも美しい瞬間は彼女の屍のビジョンによって刻まれなくてはならないので、母のことを思いだして、うつむき加減になって苦笑いすれば、垂れ下がったシワの重みのせいで、もう、目を上げることすらできなくなっているかもしれないのだから。

そうなったら私に残されるのは地面とベッドだけ。若さを謳歌し損ねた私にはなにも思い出がないから、ひたすら人の記憶から抹殺されるのを望みながら、口をつぐんで母のようにシーツに顔を埋めているしかない。

近い未来に待ち受けていることを明確にイメージできるのは、ひょっとすると私がすでに母と同じ、睡眠と沈黙の世界に片足をつっこんでしまっているからかもしれない。そう思うと背筋が寒くなる。

二十歳はまだまだ若いと思っても、女にとっては、とくに娼婦にとってはけっこうな年だ。鏡を覗きこめば、顔にシワが刻まれ始めたのがわかるし、髪をかきあげてみれば、ブロンドに白髪が迷いこんでいるのが見える。シワだの白髪だの、そんな年寄りじみたことなど、想像すらしなかった時代を懐かしく思いだし始める年。男たちの視線を惹きつけることはできても、せいぜい三秒くらいで、それ以上、長く男の視線を奪ってはいられない。

こんなふうに先のことを考えるとき、私の頭に浮かぶのは生涯の男の存在だ。母のようにベッドのシーツの下で生涯を過ごさなくてもすむように、私を生かしてくれる男の人がいればいいのだけど。まちがっても私の客になることは絶対にない、私の分析医でもある男とか。延々と繰り返される私の言いたいことを聞いてもらうためにお金を払う男。意味のないこの話、吐き気を催させるこの話を止めさせるために、私を黙らせるためにいっそのこと本気で殴ってくれたほうがいいのかもしれない。

そもそもこの男には妻がいる。妻は、自分の夫が若い娼婦たちの不幸に耳を傾けていることに心を痛めているだろうか。分析医は私の話を聞いているとき、妻のことを思い出すだろうか。妻とセックスするとき、私の姿が脳裏をよぎるだろうか。

人には答えてもらいたくない疑問。絶対に答えられるわけがないと確信するためにわめきちらしている狂った女たちの疑問。なぜなら、返事は話を間違った方向に導いていくから。狂った女たちは、自分たちの話が重大な間違いと直面しているのを目の当たりにすべき。こうした対立は生じさせたほうがいい、狂った女たちを閉じ込める前にもう少し叫ばせておいたほうがいい。完全に黙らせる前に、砕けるものはすべて打ち砕くべき。とはいえ、彼女たちを、この世の終わりにもどこにも連れていくことはできないけれど。それでも、彼女たちの叫び声はどこかには届く。声を聞いた人たちは、狂気に喚起されるものを無視するわけにはいかない。母親が娘の世話を父親に任せきりにして、人々や物事があまりに膨張して、増えすぎて死んでいくのに、世の中のルールはなにも変わらないときに見える景色を、人は無視するわけにはいかない。

でも分析医には私を台無しにしているこうしたものは見えない。どんなに私がそのことを単調にとめどなく繰り返したとしても、しまいには私の言葉は蜂のブンブンいう音にしか聞こえなくなる。私たちふたりの間で起ころうとしていてなかなか起こらない何かを追い払うために彼に向けて捧げる祈り、正確には何が起こるというのだろう、わからない。何が起こったとしても、彼には私の言うことがおかしいと判断するしかできないはずだ。

私が飽きることなく話しつづけるのはなんなのだろう。毎日毎日、何について話すのだろう。ひょっとして彼についてなんじゃない？　愛したい唯一の男、愛せない唯一の男。私が愛せないのは、その彼が愛されるにふさわしい男としての理由があるから。妻がいて子どもがいて、私は彼にとって単なるひとりの女の子で、彼は健全でバランスが取れていて、まともでいるために分析医など必要ない男。その男は、いつかきっと私に恋をする男性が現れ、私もその人に恋をし、その恋は運命だったように、私が望むと望まないにかかわらず、白馬に乗って現れて私を腕に抱きかかえ、ギャロップでどこか永遠の地に連れ去る、その男はきっと健全でバランスの取れた男ですよと説得する。

それなら分析医さん、なぜあなたではいけないの、もともと私は、手に入らないものしか欲しがらない。精神分析医のことも、決して手に入れることはできないとわかっているから、だからあなたが欲しいの、分析医さん。絶望的と思われてもしかたないけれど、悲しいかな、私の中ではカンペキに筋が通っていること。現実を知らない欲望、それに、道を引き返すことのできないネズミのような頑固さのために私は死んでもおかしくない、突進しすぎてくたばる盲目の虫、だから私はこのしたくない妥協のために死ぬ、私を愛するであろう健全でバランスの取れた男たちにとっては残念なこと、とりわけ、ほかの男たちを愛すかもしれない私にとってはもっと残念、でも人はみな愛の不調和で死ぬのだ。

だからといって、変質者や常軌を逸した男、父親ではない父親たちばかり好きとは思わないでほしい。こういう男たちなら毎日、会っている。ピエール、ジャン、ジャックとしか名乗らない男たち。いずれにしても、本当の名前や顔よりペニスの特徴のほうが記憶しやすいし、この商売では顔は覚える必要がない、私には名前がある。前にも書いたように本名ではないけれど、客の前では私はシンシア。幼くして死んでしまった姉の名。シンシアと名乗る前は、ジャミーという名で、髪も褐色に染めていた。でも、娼婦仲間から、アメリカっぽすぎて下品で似合わないと言われた。私はどちらかというと、フランスっぽくて、洗練された雰囲気が似合うらしい。それならなぜシンシアが似合っているのかもわからないのだけれど、いずれにしても、どんな名前を名乗ったところで、限りなく、男たちに他の女を思いださせることに変わりはない。この商売はそういうものなのだ。なんと名乗ろうが、娼婦は他の複数の女たちの存在を客の頭に思い起こさせる。

今はブロンドの髪でシンシアと名乗っていても、時とともに、洗練されたフランスっぽさがなくなったら、ミュリエルとかベアトリスとかレオニーとかフランソワーズという名前も全然、似合わなくなってしまう日が来るかもしれない。それでも、母が選んだ、どこにでもごろごろ転がっているような本名だけは死んでも名乗りたくない。でも、心配はしていない。雰囲気なんて関係なく、娼婦の名前なんて、いくらでもあるのだから、毎日、変えてもいいもの。ひとりの客のために週に一度、変えてもいいし、客によって名前を変えてもいい。極端なことを言えば、客が来たときの名前と、客が事を終えて帰っていくときの名前が違っていたって、なんの問題もない。

話が逸れてしまった、私は分析医の話がしたいのに。妻がいて女の子と男の子の子どもがいる彼を想像してみる。なんて幸せな人生。べつに皮肉っているわけではなくて、私も本当はできることなら男になりたい。男になって妻をめとり、娘や息子を持ち、自分の娘の年頃の娼婦を追い回していたい。私は女でいないほうがいい。女でなければ鏡の前でぐずぐずすることもないし、人形みたいにふるまっていなくてもいい。人形みたいだと、息子と同じ年頃の若い男に踏み出していけないし、あ、息子がいればの話だけれど。男の愛で、女を愛してみたい。女の若さと美しさを愛し、果てしなく勃起してみたい。

ああ、本当に男になってしてみたいことがたくさんあるのに、私の頭に反して性器が望まない。私の性器は勃起しない。母親のスカートの中に、ベッドの下に、黄ばんだ写真のうしろに隠れたまま、救い主の愛撫を待っている。いや、愛撫されすぎてもう死んでしまった。

私は父と母の屍をつなぐ唯一の血族、彼らのかわいい娘。モントリオールの真ん中にあるアパートの浴室で何度も自殺を試みた娘、インテリの通う名門、マギル大学の学生でありながらキャンパスの見える窓のカーテンを閉め切った部屋にいる私、ベッドマットもないベッドのうえで、ありとあらゆる男の、ありとあらゆる行為の相手をしている私。そんな私の両親だというのに、私は両親が抱きあってキスしあうのを一度も見たことがない。両親がおたがいのからだにやさしく触れあったり、ふたりで仲良く話をしているのさえ見たことがない。言葉を交わしたとしても、せいぜい食事の時間を決める程度だから、「七時に」とひとことしか口にしないし、しかも、お互いに目を逸らしている。これでは、とてもじゃないけど、話したとは言えない。

ふたりは、直接、話せばいいと思うようなことにも私を仲介させる。「あなたの父親は夕食には戻らないわよ」と母。「おまえの母親は気分がすぐれないようだ」と父。「あなたの父親は毎晩、仕事が忙しくて」「おまえの母親は一日中、寝てばかりいる」「あなたの父親は私に、もう話しかけることもしない」「おまえの母親は答えもしない」。両親は私が目の前から消える日まで、こんなことを続けるつもりだろうか。私が死んだときに両親が失うのは、誰に向けられているかさえわからない曖昧な言葉を運ぶためにふたりのあいだを行ったり来たりしながら生きていた、かわいい人形。

こんな状態で、一体、両親はどうやって私を誕生させたのだろう。不思議でたまらない。少なくとも、父のアレが母に潜りこんだ瞬間くらいは、恋していたのだろうか。恋なんて言葉、めちゃくちゃ似あわない。あ、でも失言。勃起したり股を開いたりするのに、恋している必要なんてないことくらい、誰よりよく知っているのはこの私だった。もちろん恋をしながら交尾する人たちも世の中にはいるのかもしれないけれど、私はお勧めしない。セックスをしながら同時に愛するほど危険なことはないと思っている。この点では、私は男のようだ。男はみんな、女は自分に恋しているからイッて、その余韻を楽しみたいと思っているらしいけれど、実は女たちだって、他の男のことを考えながらイッたり、イッたらすぐさま別のことも考えられる。女たちはもっと視野を広げて、ひとつのことにこだわりすぎないようにするべきだし、物事をあまり深刻に考えないほうがいい。できごとをどんどん増やして、思い出せないようにするほうがいい。無理矢理にしても望んだのだとしても、あちこちでセックスをするたびに体力を使い果たすのは、別に愚弄するのが趣味というわけではなくて、そんなの私は見すぎてきたし、目に見えるものは錯覚だし、女でいるなら、女たちにはやることがいっぱいあるし、人生は短いのだから、ひとつのことに集中しすぎていると、あっというまに終わってしまう。だからどこにでもいるような女であっても、自信や自尊心を持たなくちゃだめ。快楽は待っていても手に入らない。誰かに許可を求めるものでもない。自分の欲望に耳を澄ませていないと、快楽は得られない。筋の通った欲望、苦痛と不快感、もったいぶった、涙しかない欲望。だって欲望というのはどんなふうに培われるか知っている。ええ、あなたが欲しいのと、返事も待たずに言う。欲望は質問じゃないから。エクスタシーに達することなくセックスしてしまったらどうしようという恐怖を抱くことなく勃起しなければならない。生涯を通して女でいてしまったという恐怖を抱くことなしにセックスに夢中にならなければいけない。

さて、この辺で少し私の日常について話しておきたい。といっても娼婦としてのワードローブ、写真、鏡、化粧をする前に目のまわりに塗るクリームの話のほかにはたいしたことはないけれど。シワのでき始める年齢だから気をつけないと。お腹が出てきて、お尻が太ももに向かって垂れ下がり、太ももは静脈瘤におおわれる年頃。クリームのあとはおしろい、アイシャドー、輪郭をしっかり描いたあとに口紅、マスカラを塗ったら、髪を輝かせるための美容ジュレ、胸を大きく見せるためのブラ、そのほかのリストはもうみんな知ってることだからあえて並べない、みんなこんな話はうんざりだろうし、書いている私も飽き飽きだ。

そこかしこで見えているものについて話すのはもういやだし、見られるために作られたものについては話してはいけないから人は話したがらない。直ちに賞賛できる仕事を私たちの見解や指摘で汚してはいけない。レースの下に隠された外科手術の縫い目、斑状出血が消えるまでの長い時間。口には出さなくても射精できる別の女性を見つけるために視線を別のところにやればいい。

ビューティサロンのネオンの下で修繕されていく新たな若さ、胸を大きくすれば今度は体重を減らしたくなって最新の技術を試してみたくなったり、浴槽をきれいにするための新しい洗剤がほしくなったりと、次々とつながっていく。

これはまだ話していなかったけれど、私は客を待つあいだ、泡のお風呂につかりながら自分に向かって長々と話しかけたり、バニラの香りのやさしい泡に包まれて過ごすこの時間は私のお気に入り。水面から飛びでている足の指を見ていると、いろんなことが頭に浮かんでくる。足と頭がひとりの女のものではなく、実は、湯の中にひそんでいるふたりの女のものだったりして……。ひとりは生きているけれど、もうひとりは足を投げ出した格好で溺死《できし》しているかも。それとも、マジシャンの手で上半身と脚が今にも切断されようとしているところだったりして……。箱に入った女が、のこぎりで切断され、箱の一方からは晴れやかな笑顔、反対側から覗《のぞ》く脚の先は、客に挨拶するために楽しげに動いている。でも、切断のあと、再び結合することに失敗してしまったら。恐ろしさで引きつった美しい顔。目を失った両脚のパニック。こうしてひとりで想像をめぐらせているのが好きな私は、客とは一緒に入りたくない。少なくとも、私から一緒に入ろうと誘うことはない。お風呂で過ごす貴重な時間に、彼らの性器を割りこませたくないし、お湯につかっている時間くらい、男たちのことは忘れていたい。

バスルームには、丸い電球に縁取《ふちど》られた大きな鏡が掛けてあるが、その電球が十五個もついている。自分の裸は薄暗がりの中でぼんやりと見えるくらいがちょうどいいのに、これでは明るすぎる。そこで私はバスルームに入るたび、ひとつだけ残して、残りの電球をひとつずつくるくる回して緩め、私自身と鏡に映る私のあいだに、適度な暗がりを作りだす。そうでないと、私の注意はいやおうなしに百パーセント、鏡の中の自分に向けられ、身動きできなくなってしまう。でも、パトロンは私のこの習慣が気に入らないようで、毎回、電球には触らないようにと警告しながら、火傷でもしたら大変なのに、どうしてそんなことをするのかと聞きたがる。私は、自分のためじゃない、傷だらけの客が裸を見られたくないから、わざと暗くしてあげるんです、と嘘をつく。

バスルームの洗面台の下に置いてある小さなゴミ箱には内側に緑色のビニール袋が入れてあって、ねばねばしたティッシュと役目を果たしたコンドームであふれかえっている。他の男たちの射精の威力の象徴が山積みになっていると、あとに来る客たちを気後《きおく》れさせてしまう危険性があるので、規則では部屋のゴミ箱も、バスルームのゴミ箱も、いっぱいになったら空にすることになっている。

一週間分の客たちの精液がたどり着くゴミ箱を、私は勝手に一斉射撃と呼んでいる。兄弟愛の共同墓穴に眠る、苦く、不毛の精液。何十時間にも及ぶ仕事の結末がそこにはある。でも、眠っていても不毛でも、どんなに時間が過ぎても、精液は独特な臭いを放ち続ける。しつこい男たちとそっくりだ。変態っぽいと思われるかもしれないけれど、私は時々、緑色のゴミ袋に詰まったティッシュの臭いを嗅いでみたりする。これは客たちの愛を実感するため。愛なんて言葉は本当は適当じゃないけれど、大きなスケールで物事を見れば、私にも関係のある愛。だって、丸まったティッシュの半分は私の行為の結果、次々と、フェラし続けた私の能力の結果でもあるのだから。

週に一度、日曜日にゴミの回収が来るらしい。日曜は神様と家族の日、客たちが唯一、妻とセックスをする日だからエージェントは扉を閉める。月曜にはなんの痕跡も残っていなくて、風が入ってくるたびに、床のあちこちを転がる、灰色の綿ぼこりもない。残念。この職業の汚らしさを再び見いだすには、二、三日は必要だ。繰り返すようだけれど、この部屋があまりに快適だと、客も居心地がよくなって、現実を忘れてしまう。私の隣に横たわっていることを自然な行為と思ってしまうし、自分の娘であってもおかしくない女の子とベッドにいることが当然だと思ってしまう。女のからだに対する勘違いは百歩譲って許しても、この勘違いだけは絶対に許してはならない。

あくまでも自分は数多くいる客のひとりであって、自分より先に来た者もいるし、あとから来る者もいるということを、十分に自覚させておかなくちゃいけない。説明しないとわからない相手には、緑色のゴミ袋にたまったティッシュの話をして困らせるか、それでもわからなければ、流しの下に顔をつっこませて、ゴミ箱の臭いをかがせるくらいしたほうがいいのかもしれない。

ほかにはもう何も言うことがないこの部屋のほかには、私は大学で文学を勉強している。書籍のページをめくるという勉強はなんにもならないし、ましてや、将来の仕事につながるわけがない。まあ、私が決めていることだけれど。それでも勉強しているのは、美的な目的からだ。人生を美しくするため、まだ女性になりきっていない、とてもエキサイティングらしい、従順な学生たちに混じって、体をよじりながら男たちを流し目で見るためだ。だってすべてにおいて一貫性を持つというのは大事なこと、教室の椅子に至るまで。ナイーブなまま若い学生の魅力で、白いパンティをちらっと見せたりしながら教授たちを勃起させなければ。もちろん、教授のみんなが女学生に興味を持つわけじゃない、何人かだけれど、勃起する教授には私はすべてをあげる。腰をふりながら教授の部屋に入っていって、人生について語ってください、先生が信じているものについて聞かせてください、とか甘ったるい声をだす。先生の頭がどうかなってしまうまで、名前も聞かずに私を抱きしめてくるまで私は先生にじろじろ見させておく。教授たちは私に支払うことはない、だって私が彼らを欲しいのだもの、どちらにしても彼らは、きみが欲しがったんだ、欲しがったのはきみのほうだと繰り返してくる。まるで自分は関係ないと言わんばかりに。おどしと謝罪の間の中途半端な決まり文句。

とはいえ、これも実は望んでいるだけ。大学構内の教室であれ部屋であれ、教授と学生の性交は起こらない、私が望むことは実現しない、ことさら狂おしいまでに欲しいと思うことは決して起こらない、なぜそうなるのか実験してみる必要はない、こうなるのは単純に私だから、それだけのこと。同じ問題で立ち往生して、立ち往生しているという事実が具体的になるまで、進んでは戻り、望んでは疑い、愛しては売春をする、これが私の独自の思考法。自分の居場所にいることなく、人が待っていない場所にしか行きたくない。でも、この世の中のどこに行けというのだろう。ニュースの時間になると父が繰り返していたように、なんでもありのこの世の中で。私がほしいと思ったものは何も存続していない、私の何も、私の欲望の何も残っていないだろう。

昔から私はこんなバカげた話をしてきた、髪の毛の色が濃くなってきたころから、父の膝に腰掛けるのがいやになってから。ファンタジーとか幼稚さと人生の凡庸さをばっさり切ることは、ずっと昔に学んだ。といっても、たとえ子どもっぽいとわかっていても、そうなることを願ってはいなくても、実際には女の子じみたことをしてきたのだけれど。それだけをしてきたわけじゃなくて、死ぬことを考えていないときは、という意味。

死を望む事実には、間違いなく、教授と学生の性交を滑稽にした父親と娘の性交、というシナリオが関係している。この関連性は誰の目も欺くことはできない。でも、欺いたほうがいい、なぜなら欺瞞というのは真実を遠ざけようとしている人にとっては不可欠だから。ずっと昔に私は自分を蝕む性質に気づいていた。最悪。というのも、ささいなことにまで嫌悪感がつきまとうのだから。景色、客、両親、分析医、授業、教師、鏡を見ること、娼婦の情熱にまで、そして私たちを待ち受けていないものについて知りすぎてしまう。欠けているものの空虚、そして今あるものへの妥協を知ってしまう。

娘というのは、母親を越えてはいけない。特に、母親が醜さと無気力のせいで死にかけているときには。夫が娼婦の尻を追い回しているあいだ、せめて自分に忠実でいてほしいと願っていた娘に追い越されてしまったと知れば、その卑小さもろとも母の人生は終わってしまう。だから、私は自分のことより母親の世話をしなければならないのだ。

母のことを少し考えただけで、私の頭は母の頭に切りかわる。前にも書いたように、私は背中や腕に母を抱え、首に母をぶらさげ、足元に母を転がしながら、母をそこかしこに持ち歩いている。時々、重みに耐えられなくなると、誰かが不意に襲いかかってきて、私の頭を切り落とし、皮膚をはぎ取ってしまえばいいと思う。

私がまだベビーベッドで寝ていた頃に母親がつけたかみ傷の残るからだを、骨だけになってしまうまで破壊してもらいたいと思う。私のからだが粉々になれば、母は重荷を押しつける場所を見失い、私は母親ではない誰かになれる。もちろん、そのとき、私は死ぬのだろうけれど、誰の娘でもなくなるという偉業をなしとげられる。そう、母親たちは鳥かごの鳥のようなものだ。歌声を披露するために誰かしらの存在が必要。だから母親というのは手を覆う茶色の染みの数を数えながらずっと鏡を見ている、まるで誰かに聞いてもらっているように、自分の不幸をしゃべり続ける。村の娼婦でももはやいられなくなったことを一緒に泣いてくれる人がそばにいるかのように。誰かに見ていてもらいたいから自分を見続ける。もう隠す気もないシワと直面するために、本当は誰もいないのに、人から見られる人生がどれだけ過酷か話して聞かせるために。ただひたすら鳥かごの人生を生きているか、時間が経つほどに母親たちは鳥かごから離れられなくなる。あとは、壁のじめじめしたところで大きくなっていくゴキブリの小宇宙で生きるしかない。

いかに自分が母に似ているか思い知らされたり、母とののしりあいつつ、お互いにらみあっていることにうんざりすると、私は父に救いを求めていたような気がする。最終的には父のことも大嫌いになるのだけれど、両親や人生を完全に憎む前に、一度は、当たって砕けてみる必要があったのだと思う。

もし、父に変な癖がなければ、私の生き方は違ったものになっていたはずだ。というのも、父は腹を立てると、私のことを母の名前で呼んだのだ。頭に血がのぼると、私が自分の娘であることも忘れてしまうのだった。しかも、私を母の名で呼ぶだけでなく、苛々しているときには、逆に母を私の名で呼ぶことも珍しくなかった。人一倍、神経質な父は怒ることも逆上することもしょっちゅうで、つまり、私と母をしょっちゅう混同していた。

娘と妻を見分けるくらいの冷静さはキープしていてほしかった。少なくとも、先に生まれて来た者には敬意を払うべきでしょう。母には私とは違う名前があるのだから。母の名前はアデル。女性には珍しい、きれいな名前。でも父にとっては、珍しかろうが、きれいだろうが、なんの役にも立たない。半世紀も前から家の中で、外で、父の首に飛びついてきた女たちの名前であっても、父はどうせ混同してしまうのだから。

だからこそ、父は最後の審判が下る日を待っているのだ。名付けられるものを、ことごとく破壊してしまう最後の時が来るのを。

父は、妻は墓場に一歩、足をつっこんでいて、娘は娼婦をしながら身を持ち崩しつつあると知るべきだ。いや、感づいていながら、それを、心配するどころか、喜んでいるような気がする。

客が私を相手に楽しんでいるあいだに私が父のことを考えるように、父も娼婦たちにじゃれついているとき、私のことを考えているはずだ。扉が開き、父と娘は対面する。そんなに驚くこともなく、あら、パパ。私よ、パパの娘よ。パパのつけてくれた名前ではないけれど、幼いうちに亡くなってしまったパパのもうひとりの娘の名を名乗っているの。パパとママがベッドに駆けこんだ結果の、ちいさな屍の名だから、私は彼女に命を吹きこんであげているの。

しかし父はそんなこと、知っても知らなくてもかまわない。大事なのは快楽だ。勃起して、なにがなんでもイる。あるいは、勃起させ、なにがなんでもイカせる。支払い、支払わせる。男は精液を出し切って、娼婦は顔に精液を浴びる。男たちが娼婦にお金を支払うといっても、それは自分の妻たちに支払っていることを忘れてはならない。さらに、男たちは、自分たちだけが快楽を味わっているとは思っているかもしれないが、それは間違い、正直に言うと、私も時々感じる。絶対に感じないなんて言ったら嘘。ただし私が感じられるのは、その日の最初の客から三番目の客まで。それ以降は、喜びを感じるのは難しい。この職業の弱点は、毎日が同じことの繰り返しという点だ。気持ちよい行為でも、何度も何度も繰り返しているうちに、満足は不快感に変わり、髪をかきむしられている人形の、ただ辛いだけの機械的な動作の繰り返しになってしまう。だから私は、男のペニスに口を這わせているあいだ、水着姿で浜辺に横になっている自分を想像したり、もう一時間こうしていれば、お金がさらに入って、新しいパンプスが買えるとか、そんなことを考えている。あと一時間、あと一時間。気を失うまで。いや、ひょっとすると、いつもいつもひざまずいているために、歩けなくなってしまうかもしれない。あるいは、脚を広げすぎて、引き裂かれて死んでしまうかもしれない。

私は抗うつ剤は嫌いじゃない。それどころか、母の死を待つあいだ、自分に与えられるものならなんでも流しこんでいたい。昼間は青い錠剤、夜は白い錠剤。ドーパミン効果で、意味もなくへらへらと不自然に笑っていたい。自殺するエネルギーを見いだせるまで笑っていたい。

そもそもなぜまだ死ねないのかわからない、遅かれ早かれ死のうと思っているのになぜまだここにいるのかわからない、なぜなら私は一時間また一時間と追加しながら、繰り返される過剰な愛撫から救ってくれる人が現れるのではというバカげた希望を持っているからだ。世の中を私の混乱のもとに服従させるべきなのだろう。つまり、私の混乱について何かを知るために、方程式を引き出すために、建物のレンガの色を固定するための呪文と、花を開かせるための呪文を見つけるために、世の中を大きなスケールで観察すべきなのだろう。

分析医は肘掛け椅子を離れ、彼のクリニックではない別の場所にいる私を見つけてほしい。家族を捨て、客たちから力づくでも私を引き離し、特別なケースとして扱い、屍のような母をもつ悲劇、オオカミの口の中に飛びこんでいく性器の悲劇を乗り越えて生きていくための、特別な治療を施してほしい。とにかく、どんな治療法でもいいから、なんでも繰り返すのだけはやめてほしい。一度、私の口から出たことを、彼がもう一度、繰り返すのを聞くだけで、むかつく。私が不幸について話すと、彼はその無益さを強調するために同じことを言う。プロセスに敬意を払うために私がなにか言うと、私が払っているお金を正当化するために彼がもう一度、同じことを言う。そんなの、ばかげてない？

私がまだ死に踏み込めないのは、待ち受けていることが怖いから、かもしれない。頭の中が父の地獄と拷問の話でいっぱいだからだ。七つの大罪の廊下、その先はひとつになっていて、無数のからだがそこからばたばたと落ちて行く。その下にはめらめらと燃え盛る炎。何世紀も前から押しつぶされて横たわる死体が燃えるその炎の横には角の生えた敵意に満ちた猛獣がいて、拒食症、狂人、嫉妬に狂った者たちの共同墓地には悪魔が鎮座している。

でも本当はこんな話、うそなんじゃない？　私たちを恐怖に陥れるために聖職者がつくりあげたんじゃない？　もちろん人々をでたらめに行動させるままにしておくのは無謀だし、とがめられることのない人生なんて不健全だけれど。ひょっとして、この地獄の話は、神様が私だけをもっと苦しませようとしてつくったものなのかもしれない。でも私がどんな罪を犯したというのだろう、誰の、どんな愛撫を受けてはいけなかったのだろう、そしてもし私が生まれ変わるとしたら、この人生で失敗したことを成功させなければならないのに、自殺した女の遺伝子を持っていくなんておそろしいことだ。でもどうして輪廻転生が必要なの、何度も生まれ変わらなくてはいけないの？　私にさらなる嫌悪感を抱かせるため、あらゆる時代のすべての国々の中でも最悪なことにどれだけ寛容でいられるか試すため。そして最後に、何か知らないけど、完璧なごほうびとして、今から吐き気がするような完璧な場所をもらう。そこは地獄と同じ、耐えられないほど長く続く地獄。

私にも二、三人、時々一緒に遊びに出かける女友達がいる。本当の友達というより、遊び仲間、テクノパーティなんかに出かける仲間。楽しむために別に相手をよく知る必要はないし、大音響で掛かっている音楽のおかげでばかげた話も聞かなくてすむ。普通の世界に生きる女の子たちの中には友達はいない。同じキャンパスに通い、同じ講義を受けていても、純粋に学生だけやっている女の子たちとは友達になれない。彼女たちには、やるべきこと、おそらく、私のしていることよりずっとましなことがあるだろうし、男の子のことをあれこれ考えたり想像するだけで、ひとりで興奮しているような女の子たちには、私の生活なんてまるで理解できっこないから。この世にまともに暮らしている女性たちとは、もう話すこともない。私たち娼婦と彼女たちのあいだには、話し方もしぐさも、からだに対する気の使い方も、すべてにおいて、あまりに大きな溝がある。

仲間内で話をするときは、娼婦としてのステータスをより劇的に、深刻にし、娼婦でいることを正当化するような話しかしない。客には好みがあって、小柄できゃしゃな女の子が嫌いだったり、ブロンドの髪より褐色の髪を好んだり、白い肌に耐えられない客もいるから、客の中には私が一生、出会わない男もたくさんいるのだけれど、逆もまたしかり。で、私たちは自分のお得意さんについて、それぞれの癖や、時々置いていくチップの額、よだれの垂らし方や、腿のあいだの触り方、舌の這わせ方、大きいとか強いとかいった彼らのペニス自慢、男たちの固定観念なんかについて話す。私が娼婦になるずっと前から娼婦だった子もいれば、私のあとを追いかけるようにして娼婦になった子もいる。売春というのは伝染するのだ。

男のペニスに身をかがめ、欲しいだけお金を手に入れて、吐き気がするまで買い物をする子たちもいれば、この仕事の現場を知らない人には想像がつかないだろうけれど、勉強を続けるため、月末の生活費を稼ぐために股を開く女子学生だって山ほどいる。時には、セックスをする相手にお金を払うような男はやっぱり変態なんじゃないか、とか、いや、ひょっとしたら、この世界のほうが逆に変態は少数派なのかもしれないと赤ワインを手にテーブルを囲んで、結論の出ない話を延々とすることもある。変態であれば、獲物を魅了する術を知っているだろうし、カリスマ性だって備えているはず。それならなぜ彼らは、娼婦のところに出入りしながら、自分の娘は出し惜しみするのだろう、とか、なぜ自分の姪や秘書を誘わないのだろう、とか、変態は、家でも仕事場でも、いつも変態というわけではないのだろうか、とか。

私たちはこんな話をしながら、化粧をしたり、髪を結ったり、洋服を交換しあって、オリンピック・スタジアムで行われるテクノ・パーティに出かける準備をする。きれいにして出かけるのって大好き。しかも、音と光にからだを震わせる二万五千人のために自分を美しくしていると思うと幸せでぞくぞくしてくる。

すれ違いざま、見知らぬ男の手が伸びてきたかと思うと、ふいに腰を抱かれる。なんの前触れもなく、首に湿った唇を押しつけられる。さりげなく下腹がせり寄ってくる。夢のような、エロチックなお祭り騒ぎ。私たちはグループになって、羽根やスパンコールをきらきらさせながら群衆の中に紛れこみ、不安げな微笑みを浮かべて踊る人たちのあいだをさまよう。どの顔を見ても、麻薬のために瞳孔が開いている。エクスタシーをやっていると、世の中がとてつもなく美しく見える。あふれんばかりの愛と喜びに顔を引きつらせ、きみのことが大好きだ、なんてきれいなんだ、なんて素敵なの、とだれかれかまわず声を掛けたくなる。

永遠に繰り返されるリズムにのった無数の人。遠く離れた、高いところからこの群衆を見おろすと、色とりどりのライティングに写しだされた群衆が巨大な肺のように熱い息を吐き出しているよう。まるで一体のからだのような塊は、熱を帯びた筋肉質の器官になって、ぶんぶん唸って飛び跳ねているうち、おびただしい数の点に解体していく。他の場所では考えられないほどの、前代未聞のボリュームのせいで、からだの内側から出てきているように、オルガスムの高まりのように、腹部からこみあげてくるような音に聞こえる。みんな、いきあたりばったりにキスをしあい、体をもみあう。部族的な乱痴気騒ぎ、この世の始まりの再現、昔々に存在していた共同生活。儀式を行い、神懸かったことがまかりとおり、自然界の法則を超えたとてつもないことのおこる、法が定められる前の人類。月の神秘が解明されていなかったころの欲動、女神たち、月への信仰を抱いていた人類、どうか頭のうえに落ちてきませんようにと願いながら星空を見上げていたころ。夜明けになっても太陽が昇ってこないかもしれないと、魔法にかけられた世界によって、いつなんどきでも、呑み込まれてしまうと思っていたころ。

つまり私も、そうそうひとりぼっちというわけではなく、けっこう人に囲まれて生きている。一対一が基本のこの仕事場でも、客のリクエストで、私がもうひとりの女の子を指名して一対二ですることもある。私はこのデュオのスペクタクルにダニエルという名の女の子を選ぶ。なぜなら彼女は、このエージェントが抱えている娼婦の中で一番年上だから。二十八歳のダニエルとならば私の仕事が奪われる危険性はほとんどない。とはいえ女の子が目の前にふたりいれば、こっちの子のほうがきれいだ、とか、こっちの子は動きが鈍いとか、いろいろな点を比較されるので、年上のダニエルだからと言って気は抜けない。だから私はひとりのときより余計に身を入れて仕事をするように心がけ、いつもより少し大きな声を出したり、おおげさに振る舞ったりする。ちょっとでも気を抜けば、この行為はこの子よりこの子のほうがうまいとか、私の不完全さや欠点があからさまになってしまう。ふたりでひとりの客に向きあっていても、最終的には、客はどちらかを選ぶものだ。どんな客にも好みがあって、行為を重ねるうちにどちらかひとりにしか興味を持たなくなる。だからこそ、やっぱり私は少しでも安全なパートナーとしてダニエルを選ぶ。年を取っているだけでなく、ちょっと太りぎみの彼女は、スリムで若い私の引き立て役になってくれるから。

ダニエルは私の最高の話し相手で、ふたりでいると話題はつきない。ニューヨークとかいろんな街でのひどい経験、いつだって、いくらだってほしいお金、シャンパン、リムジン、女優、コカイン、金持ち、一夜のための、あるいは週末のためのペットを探す男たち、ほしいものはなんでも持っているビョーキな男たち。警察、監獄、誘拐される危険、気の狂った男たちに首を斬られ、ゴミ箱に捨てられる危険性。

私たちはなんでも話す。娼婦になりたてのころの初々しい興奮、慣れ、そして麻痺状態。化粧をしたり、髪を結ったり、腰を動かしたりという、なんでもないしぐさ、まばたきひとつにまで染みついたなかなか取り払えない悪い習慣。すべてを見尽くし、すべてを聞き尽くし、入ってはならない所にまで足を踏みいれてしまったという感覚。あまりに遠くまで来てしまい、ほかにどうすることもできずに、ひたすら続けていくしかないという心境。「もう人生を変えるなんて、できないよねえ。お金のない生活なんて、もう、できっこないよねえ」。あらゆる体位に疲れ果てた脱力感。同じ反応を呼び起こす繰り返しの行為のかったるさ。満足した犬が出す同じ鳴き声、鈴の音が鳴ると起きあがり、自動的に尻尾を振るパブロフの犬と同じ、勃起して満足した男たちの反射的運動。そして他人の欲望に対する不快感。なぜなら、私たちにはもう欲望はないから。もう鈴は鳴らないから。

どんな娼婦でも、好きなだけ話をさせておくと必ずたどり着く話題というのがあって、私とダニエルも時々、その話題に流れていく。ただし、その話をするためには面と向かい、身を入れて、ふたりが同時に同じ話をしなければならない。それは、娼婦への一歩を踏みだしたころの告白話。初めての客、客もいなかったころのこと、さらにぐんぐん時間をさかのぼって、私たちが命を与えられた両親のベッドにまで告白は及んでいく。嘘は言いっこなし。双生児のように忠誠を誓いあい、お互いのすべてを暴きあう。お互い、踏ん張っていないと続かない。この手の話をしているときは、一方がくじけると、ふたりとも一気に辛くなって、がたがたとくずおれてしまう。相手の目に涙がにじんできたことに気づくと、私の目から自然と涙があふれだし、ため息を聞けば、さらに重いため息がもれ、ちょっとした手の震えに胸を締めつけられると、すぐさま感染してしまう。大好きなダニエル。

彼女には遅れている次の客が来るまでドアの前で歩哨のように立っていてほしい。父が来たときに、私を守ってもらえるように。

パパ、紹介するわ、彼女が客の前で私と一緒にセックスする女の子よ、パパもひょっとして、もう彼女と寝たことがあるかもしれないわね。帰る前に私たちのことをよく見て。そして神様の名を呼んで、私の頭上に、パパのアレのうえに神様の宣告が下されるように。見て、私のほうが、パパのひとり娘のほうが、あの子よりきれいでしょう。そして父は神様のもとにひざまずき、娘のために許しを乞う。神様、あなたのために娘は命を絶ちます、とか言って。そうだ、父は、これくらいの試練に耐えたほうがいい。少しでも人間として、男として成長できるように。

私とダニエルにはやることがたくさんある。ふたりだけに通用する、ふたりにしか使えない言葉を作って、両親も客も、私たちふたりのエコシステムを邪魔する人は追放しよう。私たちふたりを同じように愛せない男たちも拒絶しよう。同じように心を配り、同じように愛撫をし、同じように心配できない男たちはいらない。たとえふたりのうちどちらかが少し背が低かったり、少しセクシーだとしても。でも、ダニエルは、この「ふたり」にはなれない、だってダニエルは結婚していて子どももいて、日曜の午後が好きなの、と私に言ったから。

時には小説をぱらぱらと読む時間もある。もし私が私じゃなかったら何者だったのだろうかと想像する時間、いつもいつもこんなふうに待っていなかったら何をしていただろうと想像する時間。次の文学の授業で書くテキストのこと、妊娠している女性を見ると苦痛を覚えたアントナン・アルトーのこと、シュレーバーの神経の宇宙進化論や神様との抱擁、こうしたパラノイアの男たちを思うと、胸に詰め物をしたり、髪のボリュームの心配をする私の狂気とはほど遠いなと思う。こうした男たちは他にすることがたくさんあるから、前を通り過ぎる女たちを眺める時間もなかったのだろう。とすると、錯乱するって悪いことじゃない気がして来る。宇宙の反対側から返って来るような答えを見つけたり、葉のざわめきに自分の居るべき場所や運命、狂気を教えてもらえるなんていいなと思う。そのうえ人生に意味が生まれる、人から忘れられることがない。

自分を一人前の女性にして、しかも目立つ女にするためには、多くのことが必要だろう。まずは誰かと混同するのはやめさせる。昔の友達とか、歌手とか誰々に似てるとか。ありがとうございます、嬉しいわ、私はこうして男たちに強要されているのが幸せなんです。でも、人から忘れられてこうしてこのベッドにいるのは、私にはこれしかできないから、人は自ら狂人になる選択はできないから、風が吹くたび自分の声が届くように唸ったり、宇宙を動員して頭の周りを回転させることもできないから。

そうこうしているうちにまた客が部屋にやって来る。客はまず最初に、指名した女の子に間違いないかどうか確かめるために、私に名前を聞く。そして部屋から出ていくとき、興奮しているあいだに名前なんか忘れてしまったらしい客は、もう一度、聞く。次のために、とか、次も他の女の子でなく、私としたいからとか言いながら。そう言われて悪い気はしない。きっと前回のビバリーより良かったのだろうとか、彼女より私は小柄だけど、私のほうがセクシーだったのだろうとか考えて満足する。客は私の仕事の時間帯も尋ねてくる。「きみは昼間いるの、それとも夜が多いの？　火曜日と木曜日はいる？」「いいえ、昼間しか働きません、夜、働くなんて寂しすぎます、ええ、だって日が落ちたら明かりをつけなくてはならないでしょう、私の白い肌に電球の明かりが当たるのが大嫌いなんです」。

午後の五時を過ぎると、この仕事は本当に不健全な売春宿になる。夜の時間帯に働くと、真夜中の十二時までは部屋に残っていなければならない。私は夜は普通の人たちのように、家に帰って、家で寝たい。昼間に働いていれば、九時から五時までの、普通の暮らしをしている女の振りができる。そもそも、私の客たちも同じこと。昼間に来る客たちは、九時から五時まで働き、麻薬も吸わず、長居することもない。だって仕事があるし、会議もあるし、なによりも、問題を抱えこみたくない男たちだ。表向きは潔癖でいたいのだ。そうそう、客の中には、指の先でしか私に触れない男たちもいる。しかも、ほとんどの客が靴下は脱がない。客の足、とくに汚い爪を見たくない私にとっては好都合だ。靴下を脱がれると、足の指のあいだにこびりついていた垢が落ちて、白いシーツにつき、私が手で払い落とさなくちゃならなくて、気持ち悪くてたまらない。

誰かと鉢合わせしたりする危険を避けるために、この部屋に来るのを拒む客もいる。その場合は彼らが予約をしたホテルの一室で会う。さらにデリケートなケースとしては、行為に移る前に、お互いに知り合うことを望んで、まずはバーやレストランで落ちあい、ひとときを共にして気に入ったら、本来の目的へと駒を進めていく客もいる。

ひと月に一度、最初の土曜日に会うことになっているレバノン人の男とは、最初から一貫して、このスタイルを取っている。マレックという名のその男は実名を名乗るし、約束の時間には必ず現れるところをみると、うぬぼれでもなんでもなく、どうも私のことを愛しているようだ。頑固ではあるけれど、どこか、あきらめているようなところもあり、悲しげであると同時に、妙に興奮しているように見える男。もし彼があれほどデブでなく、食い意地も張っていなければ愛せる相手かもしれない。正確な数字は忘れてしまったけれど、百四十キロくらいはあると思う。体重も年齢と同じで、並はずれたレベルに達すると、その先はみんな同じに思えてしまう。体重が重すぎると、セックスをするときの体位は限られ、男は仰向けに寝てオーガズムを待つしかない。マレックは腰も頭も、ほとんど動かせないほど太っている。毎月、最初の土曜日に、私たちは公園通りにある「ことり」という和食のレストランに行く。そこでは、まるで食べるという行為は足を見ることだといわんばかりに、靴を脱がなくてはならない。寿司、イカのフライ、牛の炭焼き、ごはん、ありとあらゆる野菜、麺類、スープ、食べられるものは、なんでも食べる。私は鬼のように食べるのが大好き。家では料理をしないどころか、ほとんど食べ物らしい食べ物を口にしないだけに、月に一度のこの機会を利用しておおいに食べまくる。

食事と一緒に飲む酒やワインは、彼は一度として同じ銘柄を選んだことはない。喜びにはバリエーションを持たせ、そのたびに、新たな味覚を発見すべきというのが彼の持論だ。「ことり」でなければ、「ウズリ」というギリシャ料理の店に行く。そこでは必ず、私は前菜としてアーティチョークを添えたウズラのグリルを食べる。赤ワインを飲みながら、私の肌も赤くなる。ワインのチョイスも和食より高級だし、雰囲気ももっとリラックスしている。食事が済むと、ホテルへ移動する。この部屋は彼には小さすぎるし、ベッドも低すぎるし、それになにより、刑務所へ送りこまれるのが怖いのだと彼は言う。確かに、ここへは警察がいつ乗りこんで来ないとも限らないし、そうなれば彼の人生は一巻の終わりだ。

いつ扉を叩いて現れてもおかしくないのは警察だけでなく、私の父も同じだが、レバノン人のマレックは、自分には家族もいるし、社会的にも高い地位についているので避けられる問題は極力、避けたいと言う。そんな彼を安心させるために私は、心配しないで、エージェントはイタリアのマフィアに守られているから大丈夫よ、ごろつき社会には、法律を超えた法というのが存在するのだから、と言って安心させてあげる。でも、しつこくは言わない。だって私はエージェントと犯罪組織とのつながりについてなにも知らないし、エージェントもその辺の詳しいところまでは娼婦には話してくれない。

ホテルの部屋は居心地がいい。ゴッホやモネの複製が壁に飾られ、ベッドカバーと調和のとれた絨毯《じゅうたん》が敷かれ、コップには白い薄紙が巻かれ、ポルノのビデオが用意され、あごまでつかれるムースのお風呂もあって、すべてが現実離れした、閉ざされた空間だ。

「ことり」で初めて、日本酒を片手に娼婦が現れるのを待っていたマレックを見た瞬間、きゃあ、異常にデブ、と心の中で叫んだ覚えがある。お金でも払わない限りセックスなんてできないんだろう、妻もきっと肥満で、ふたりはもう交わることもできないのだろうと。そんなことを考えていると、彼が、「きみと会えて、これほど嬉しいことはない」と言いながら、にっこりと微笑み、私の前に会った女の子は私のようにきれいじゃなかったし、スリムでもなかったし、化粧もしていなかったし、ぺたんこの靴をはいていて、ちっとも女らしくなくて、気に入るところがひとつもなかったと続けた。きみは同じエージェントに属しているモニタという女の子のことを知っているか、と聞かれて、知らないと答えると、エージェントからは電話で、その子はスペイン人で、身長は何センチ、目は何色で、とすべての情報を聞いていたのに、実際、目の前に現れた子はまったく違っていた。エージェントはいい加減だ。お金は支払ったものの、何もできず、娘が熱を出したので家に帰らなければと嘘をついて立ち去ったという。

初めて会って、日本食にかぶりついている私に向かって、彼は、自分に気に入られるためには、モニタがどんな女の子でなければいけなかったかについて延々とまくしたてた。私は彼の熱弁を聞きながら、正直、こんなに醜くて、デブなくせして、どんな権利があって女性のことをけなせるわけ、と叫びだしたくてたまらなかった。すると、彼は私の頭の中を見透かしたように言った。「確かにぼくは太っているけれど、それでも、金を払うのはぼくなんだ。客である以上、女の子に期待したり、女の子に対する趣味を主張して当然だ」。挙げ句の果てに、女の子を選ぶのは、評判のいい映画を観に行くのとそう変わらない、とも言った。その時点で私は、人からきれいと言われても、これからはもう素直に喜べないだろうと思った。たとえ、客から選ばれ、他の女の子より好まれたとしても、私の知らないところでブスだのへったくれだのとなにを言われているかわからないのだから。

年寄りでもなく、デブでもなく、まったくノーマルな客もいる。週に一度は必ずやってくるマチューは、スポーツマンらしい、がっしりとしたからだつきの二十三歳の好青年。短くカットされた髪には白髪など一本もなく、女の子に気に入られる要素をすべて持ちあわせている男の子だ。初めて扉の前に彼が現れたとき、私はショックを受けてしまった。おそらく顔にも現れていたと思う。初めての客と対面するとき、なにかしら不快感を覚えるのが普通なのに、その青年には、いやなところが一点も見つからず、なにもしないうちから、お手上げになってしまったような気がしたのだ。こんなに若くてかっこいい男の子が、どうして、わざわざ、こんなところに来なくてはならないの。しっぽを振ってついてくる女の子なら、いくらでも外にいるだろうに。なぜ、お金を払ってまで、娼婦の愛撫を受けるために、この部屋に足を運ばなくてはならないの。私はショックを通り越して、たちまち不安になった。ベッドに並んで横たわったふたつのからだは、あまりにお似合いなんじゃない？　同じくらい引き締まった私のからだは、彼のからだにふさわしすぎるんじゃない？　同じ世代という、ただそれだけのことで、女の私のほうが老けて見えるんじゃない？

そして実際、いやな予感は的中した。彼の引き締まったからだに触れたとたん、私は年老いてしまったのだ。そう、私の若さを輝かせるためには、他人の老いが必要。シワや白髪や、三十の年の差がないとダメなの。男を勃起させる女の子になるためには、娼婦になるためには、男たちのたるんだ肌がどうしても必要なの。

マチューに抱かれても、私はなにも感じない。それどころか、力強い筋肉質のからだに居心地の悪ささえ覚える。でも彼のほうは、私の若々しいしなやかな筋肉や精力は気にならないようだ。彼にとって私たちが同世代という事実はまったく問題にならないのだ。マチューは若者なら誰もがそうであるように、勢い良く勃起する。おそらく、勃起なんて自然にするものと思っているのだろう。若さに対する違和感とは裏腹に、彼のペニスは、怖いくらい私にぴったりだ。しかも彼は、私のからだを刺激しながら、「きみと恋人どうしになりたい」なんて口走る。レストランや映画に出かけたり、ベッドを共にしたりする、普通の恋人どうしのようになりたいと。私の手を取り、「ぼくは真剣だ、この環境から抜けだせるよう手助けをする、ぼくの家で一緒に暮らし、きみの勉強が終わり、仕事を見つけるまでは金銭的援助もするよ」。なんてことまで言う。目じりにシワひとつない彼の食い入るような目と、これまたシワひとつない、ふっくらとした口もとを見つめながら、私は心の中で、そんなことは望まない、どんなに仲良くできても、人からお似合いのカップルだと言われたとしても、退屈でたまらないだろうとつぶやく。

もしマチューがいつまでもこんなことを言い続けるようなら、いつかははっきりと伝えてあげなきゃいけない。お金は将来のために取っておくべきよ、こんな部屋にはもっと年をとって必要になってから来ればいいの、それに、私にはしつこくしても無駄よ、あなたとは似ているからこそ、私は怖いんだから、と。

マチューはすべてが終わると、私の背中をやさしくもんでくれる。「あなたの精力でくたくたになってしまったから、マッサージして」と私からお願いする。マッサージしてくれているあいだ、感謝の気持ちを示し、マッサージする彼を励ますよう、少しセクシーにうめき声をだし、腰をくねらせ、彼の注意を私のからだの平坦な部分に集中させる。こんなことをしてもらっていると、そもそも同年代の男女というのは、性欲が起こらないと安心しているからこそ穏やかに、兄妹のように仲良く背中をマッサージしあうためにいるんじゃないの？と考えたくなってしまう。やっぱり、私って人と違うのだろうか？

なんだかんだいっても、客たちがどんなふうであろうと関係ない。いずれにしても、客とのあいだには、私にとっては一目瞭然で客は一生かかっても知り得ない隔たりがある。うまくいかないなにか、理解できないなにかが。サルたちと同じで、メスは強くて、金持ちのオスが好きで、メスは愛されるためには若くなくてはならない。客たちはなぜ自分たちはここにいてこんなことをしているのか、私をメスザルのように見なしながらその理論を展開してみせようとするが、私は壁のひびや床を這う毛のかたまりとか、部屋のどうでもいいような中のものを見つめながら、心の中で、うまくいかないこと、ここにいるお互いの災難、ひとりは唇を求めて来るがひとりは何も求めない、逃げるだけ、ひとりはオルガスムスに達しようとするが、ひとりは一刻も早く終わらせようとする、力の限りを尽くしているのに母に打ち勝てない不可能の図式、デブでも年寄りでも醜くても誰彼かまわず寝て、扉を叩いて入ってくるのを待ちながら父親と寝て、父親が私にしたこと、私が父親にしたことを知るのを待っている。

次の客がそろそろやってくる時間だ。客はきっと、うえの部屋で待っているのは、電話で話したとおりの、ブロンドで若くてきれいな女の子だろうか、なんて期待と不安に揺れながら、早くも勃起し始めたアレに手をあて、エレベーターを待っているはずだ。

父は人生を嫌っている。でも、生きていることに意味を持たせるには、人生を忌み嫌うしかないらしい。十歳の娘にあるまじき破廉恥《はれんち》な行為を目撃して以来、父はことあるごとに、決して快楽に身をまかせてはならないと繰り返した。悪というのはひっそりと身を隠して好機をうかがっているものだから、その罠にはまらないように、しっかりと目を見開き、常に冷静でいなくてはならない、そして遠くから忍び寄ってくるのが見えたら、すれ違うときにその仮面を暴けるようにしなければならないと。あっというまに少女からオンナに成長してしまった自分の娘に悪がすみついてはいけないと、父は私のからだも見張り続けたが、おそらく今も離れたところから見張っているに遠いない。ポルノ雑誌をめくりながら、娘が裸で男のアレを口に含んでいる写真を見つけだし、娘の正体を暴いて騒ぎ立てるつもりだろう。

父は私のことを、強姦できるうちに強姦しておいたほうがよかったのかもしれない。チェックのスカートに、エナメルの靴と白いハイソックスをはき、父のひざに喜んで腰掛け、三つ編みも自分でほどけないような幼いうちに。けらけら笑いながら、甘えていた時代に。父と娘のあいだに、やさしい心が通い合っているうちに、一気に、私を殺し、母の残骸もまとめて持ち去ってしまうためにも、やはり父は私を強姦したほうがよかったのだ。そうすれば、父の娼婦狩りも、悪臭の漂う母の屍も、見ずに済んだだろう。

しかし現実には、父は私を強姦しなかった。父のひざに腰掛け、父のペニスを私の小さなお尻の支えにしていたのに、レイプはされなかったが、もっとひどいことをされた。父は私を肩車しながら、幸せな人々を追いつめる楽しみ、神様の意志ではなく温室で育てられたからという理由だけで花々を踏みつぶす喜びを私に教えた。さらに、生きている自分の肉体を苦しめる男の視点と幸せへの強迫観念を私の頭に叩きこんだのだ。「大きくなってはいけないよ、年を取っちゃいけないよ」。父はそう繰り返しながら、何時間でもひざの上で私のことを揺らしていた。

父のポケットの中におさまって、出張でもホテルの部屋でも、年に一度の会議にも水上のディナーにも連れて行ってもらえるように、私はずっと小さいままでいなければならないと。年を取り、成長し、肩車ができなくなるほど大きくなってしまうと、親子の愛には距離が生まれてしまうんだよ、と言いながら、父は私にその不幸を延々と話して聞かせた。そう考えると、私をあばずれにしたのは、父。妖精と魔女たちの住む巨大な森で、白くて大きなシャンピニオンがすくすくと育っている中、小さくて青いキノコに育てたのは父。保湿クリームやダイエットにばかり必死になる弱点のある運命を私に課したのは、父だ。男の首に抱きつき、ベッドからベッドへと運ばれ、まるで幼い子のように、もっと近くで自分を見てもらいたくて、地面に触れないように、エナメルの小さな靴をばたばたさせながら、男たちによじ昇ることばかり考えている私。

それならいっそ本当に、男たちのスーツケースに入れられ、どこかに連れ去られたい。バングラデシュでも北極でも、火星でも、失われた都市にでも。でも、そんなことは起こらない、いい男でもないし、私の分析医にもなれない男たちのことなどどうでもいい。彼らが私のことを腕にぶら下げたり、スーツケースに入れたりして、ありとあらゆる機会に同僚たちの前で、私のことをコンクールに参加させている犬みたいに、「今年のベスト娼婦」を連れ回す能力があるかなんてどうでもいい、というか、彼らはすでにそんなことばかりしている。しすぎて、私はうんざりしている。私はただ、今、自分に向けられるものをすべて試しているのだ、完全に破壊してしまう瞬間まで挑戦することしかしない。そして最後には、最悪だったと納得して終わる。誤解でしかなかったのだと信じて、というか、私ではなくて、実は別の女の子のことだったのだと。たとえば、そばかすだらけの赤毛の女の子に起きたことだったのだと。つまり、私にはもう何も、ほとんど起こらない。

　また話が逸れてしまったが、私が思春期のときに拒食症になったのは、父のせい。私のことをスーツケースに入れて旅する話や、大きくなると、おとなたちから愛されなくなるから危険だという話ばかり娘に聞かせて、父親としての資格もないくせに、私を監視し続けていた父のせいだ。おかげで私は十二歳で、自分の肌やからだが日に日に成熟していくのに気づき、その変化をまるで他人のからだに起こっていることでも見るように驚いていた。託児所で取り違えられた白い肌の赤ん坊が、生まれるはずのない黒い肌をした家族の中で生きている自分に気づいてある日、突然、驚愕するように。

今でも私は拒食症だ。拒食症にまつわる「悪」の質は変わったとしても、鏡からもうひとつの鏡へ、ひとつの必要性から別の必要性へ、やせるべきからだからランジェリーで覆うからだへ、そしてそのからだはもう子どものものではないけれど、女性のからだでもなく、私のものでもない。私のからだになることは決してないだろう、だって、いつも誰かが待っているから。父のひざの下で丸まっていたから。

今でも私のものすごく小さなからだは父親のポケットの底や予定表のうえを滑るキャスター付きの椅子でじたばたしている。そもそも父はいつもどこかに出かけていた、だから私は自分のからだを誰彼かまわず与えるのだ、ほしくない人にまで。ジムの自転車、日焼けサロン、いつか自分のからだを世界中のキオスクで売られている何万冊もの水着の雑誌の中に見つけられる日まで私は自分のからだをどこにでも連れていき、できるだけのことをしてあげる。それに私は、嘔吐と客たち、拒食症と娼婦を行ったり来たりしながら生きている理由を探すことにうんざりしている。こうしたことの偶然性の論理を知るのもうんざりだ。つまり、いつまで私は同じばかなことをしていられるのか。とはいえ、私は今の自分以上のところへは行けない、だからもう少しここで地団駄踏んでいたほうがいい、もう動けなくなるまで、男の前でも洗面器の前でも、ひざまずく力がなくなるまで、私が小さくいられる限り、あともう少し、私の口に入って来るものと出て行くものに目をつぶっていられるあいだは。

こうして私は自分の指では決して触れられない、背中の真ん中にできた赤いニキビひとつに至るまで見逃さないほど、からだのことばかり気にする人生を送るようになった。からだを意識することは、つまりからだに送りこむ食べ物を気にすることでもある。よって私は、人生がひとつのリンゴに集約されてしまうまで、口に入れる食べ物のすべてを計算し始めた。実は、そのリンゴさえ満足に食べることもできなかったのだけれど。食べる量の制限はリストになっているが、この規則に一度はまってしまうと、規則自体が食べる動機のようになって、なかなか抜けだせなくなり、そのうち、すべてが忠実に、規則正しく行われていないとなにもかもが台無しになってしまうんじゃないかという強迫観念にかられていく。

食べるスピードが早すぎてはだめだからと、異常にゆっくりと食べ物を口に運んだり、食べることを喜びとしてはいけないと自分に言い聞かせて、どんなにおいしいものでも食べるという行為にだけ意識を集中したりしているうちに、一日が果てしない食事の時間のようになっていった。リンゴは表面がなめらかで、皮に染みひとつない、まん丸できれいな形をしているものでなきゃだめ。嚙んだあとリンゴについた歯と唇の跡もじっくり観察する。そして、必ず奇数の回数で食べ終わるよう、ゆっくりと嚙んでいく。ひと口、ひと口、咀嚼《そしゃく》も飲みこみもカンペキを目指す。食べながら、恐ろしいシーンや不快なことなんて考えたらだめ。公園の汚らしいトイレや、氷のうえを滑っているときに見てしまった、氷層で死んでいる猫のことなんか、絶対に考えちゃいけない。

それに、歯のあいだに食べ物が詰まっても、それを意識しちゃだめ、リンゴの匂いに他の匂いが混じってもいけない。ふた口でも四口でもいけなくて、ひと口か三口か五口で食べて、十三回十五回十七回、嚙まなくてはならない。信じてもらえないかもしれないけれど、すべての工程を終えるまでに要する時間も計算し、この時間も奇数でなくてはならなかった。三十三分とか三十五分とか。そしてそれは何時間も続き、そのあいだずっと目の前のリンゴの状態は最高でなければならず、しまいには、数時間、いや、一週間丸々掛かるかもしれない果てしない闘いのようになっていった。リンゴは最初から最後まで、褐色にならずに白いままで、しゃきしゃきしていなくてはならないのだけれど、不注意からリンゴを傷めてしまったり、噛んでいる回数が奇数かどうか自信がなくなったり、咀嚼や飲みこみが今ひとつだったり、雑念が入りこんだり、その場に漂う匂いさえ疑ってしまうこともある。そんなときには、最初からやり直す。どうしても三回、十三回、あるいは三十三回でなくてはならない。もちろん、やり直す前に、リンゴを食べるのと同じ厳密さで、真っ白で無臭の洗面器に、吐きだす回数が奇数になるようにもどすのだけれど。

なぜ、すべての数字が奇数でなくてはならないのだろう。それはひょっとして、私が一人っ子だからかもしれない。私はひとりか、あるいは両親と足せば三人で、両親は私にとっては、決して、ふたりではなかったから。だって両親はキスしたり抱き合うことがなかった。話すことがなかった。話しても目を合わせなかった。それも食事の時間を決めるときだけ。というか父の決めたことに母は何も言えなかった。こんな様子を見ていたら、どうやったら父と母が子どもなど作ることができたのか、私が生まれる前のふたりは存在していたのかさえ想像するのがむずかしい。

だから私は抱きあってキスなんかしているカップルを見るのが耐えられないのだろう。娘の前で一度もキスシーンを披露してくれなかった両親のせいだ。通りや公園でいちゃいちゃしている男女を見るたび、私は、だめだめ、そんなことしてたって、続かない、続くわけがない、と心でつぶやきながら目を逸らしてしまう。それでも、強がりを言いながらも、時々、泣いてしまうのは、私の頭の中に、「対」とか「ペア」の感覚を受け入れるスペースがないことが悲しいからなのかもしれない。私は自分が公園のベンチや駅で、抱きあってキスをする姿なんて、まったく想像できない。愛するというのは、世界はふたりのためにあるのだと信じられること。その他のことは一切、忘れてしまえること。つまり、まわりにいる人たちのことなんか、どうとも思わないこと。

さらに言えば、どうして私だけ自分はひとりぼっちなのと泣きながら、なるべくラブラブのカップルとはすれ違わないように、終始、歩道を変えなくてはならない私のような女の存在をあざ笑うことだ。違う、やっぱりカップルなんて存在しない。存在するわけがない。だって、いつだって彼らのキスを陰で盛りあげている娼婦が必ずひとりはいるのだから。勃起するために、男たちの頭のどこかに住みついている娼婦がいるのだから。洗濯かごに投げ入れられたシャツの襟には、いつだって赤い口紅の跡がついている。

カップルは存在しない。私は、そう決めた。私はあなたのもの、とか、きみはぼくのもの、なんて論理は通用しないし、ほしくもない。私は必要なだけずっと、歩道を変えながら歩き続けるつもり。車の後部座席で起こることにも目を背ける、いや、起こる前にげんこつでバックミラーを叩き壊すことだってできるだろう。

それでも私はずっと昔に、カップルというのはひとつの寝室を共有し、同じひとつのベッドに寝るものだと教わった。ベッドだけでなく、様々なことを分かちあい、天気の良い日曜には手をつないで散歩をしたり、子どもたちが寝たあとに、ふたりで映画館に行って、相手の肩に頭をのせて映画を観たりするものだと。それに、カップルというのは、兄妹に間違えられるのがいやで、もっと最悪なことに父親と娘に間違えられるのがいやで、常に、お互いのからだのどこかに触れあって、レストランではテーブルの下で足をからませたり、ベッドではあえて人に聞こえるように騒々しくセックスをしたり、自分たちが正真正銘のカップルであることを人にアピールしているものだとも教わった。

そもそもベッドで叫び声をあげるのは、人に聞かれているかもしれないと思うとますます興奮して、最高に気持ちよくイケるのだということを隣人に伝えるためだ。そして隣人たちはと言えば、カップルのもつれあう様子を想像しながら耳を壁につけて、ゆるめかけたベルトのズボンの中に手を入れて、ごしごしとこすりだす。

両親もひとつのベッドで寝ていたが、そのベッドは寝室を占領するような大きさだった。確かに両親は一緒に寝ていたけれど、ひとりは左端、ひとりは右端に寝て、中央には、できるだけ大きなスペースが空くようにしていた。母が左、父が右。ふたりのあいだには、誰かもうひとりの人間がそこにいて当然のような、ふたりの隔たりを証明するような境界線があった。でも、実際は、両親は、真夜中に合流していたのだろうか。夢の中で、ひとりのひざが、もうひとりの足に触れたりして、それとは知らずに、お互いに触れあっていたのかもしれない。

それとも、お互いに片目を開けて、からだに触れられると、危険にさらされたことに心臓をどきどきさせながら、たちまち飛び起きたりして、そうしているうちに、ふたりとも、夜明けがくるまで警戒して過ごさなければならなくなったのかもしれない。

とにかく、両親のあいだには、幼い娘が入りこんでいけるスペースがあった。私がその場所を占領した理由は、自分がいないとパパとママのあいだにはなんのつながりもなくなってしまう、自分の力でふたりを結びつけておかなきゃ、と思いこんでいたからだと思う。まだ幼い私は、自分が望みさえすれば明日の天気を晴れにすることも雨にすることも思いのままと考えていたのだろう。こうして無意識のうちに、両親を分離しているすべての責任を自分が負わなくてはならないと感じていた私は、あるときは自分、あるときは亡くなってしまった姉の代わりとなって、歩けるようになってから十歳になるまでの数年間、両親のベッドの真ん中で寝ていた。

自分の寝室のピンク色の水玉模様のベッドに寝ていると、いつもだいたい十時ごろに両親がベッドに入る音が聞こえてきた。すると私は、そっとふたりの寝室の扉を開け、小さなからだを丸めて真ん中に潜りこんだ。父に顔を向けたり、母に顔を向けたりしていたが、母は私を間近に見ることに耐えられず、言葉でもないサインで私に反対を向かせた。まるでテーブルに乗ろうとしている猫をしっしっと追い払うように。歯を食いしばって、従わなければいつでもひっぱたく準備ができていた。だから父の方に顔を向けて寝ている時間のほうが多かった。

母は私がベッドに潜りこんでくるのがいやだったのだろう。でも、父は違った。「この子はほとんど動かないし、誰の邪魔にもならないよ」と言っていたのを覚えている。暗に、いざというとき、きみから身を守る盾になってくれているんだよ、と言っていたのかもしれない。

母はまだその頃、虫けらのようになっていなかったのだから、自分の意思をもっと主張すべきだった。雌どうしが雄をめぐって喧嘩をするときのように、私を足蹴にしてベッドの下の方に追いやってもよかったし、自分を裏切り、父の興味を引いていた私の若さを、爪のひとかきで台無しにすることもできただろう。私の足をつかんで振り回し、家具に頭をぶつけることもできただろう。

父だって母の荒れ狂う姿と、おののいた叫び声に興奮して勃起できただろうに。そうよ、母は私を追い払って、父親とカップルでいるために、どんな手段を取ってもよかったのに。できたはずなのに、しなかった。しなかったけれど、するべきだった。母は私を異常な世界に追いこむのでなく、まともに生きるチャンスを与えてくれるべきだった。千人の男を相手にするより、ひとりの男と生きる女の人生を歩めるように。フェラをさせるリズムに変化をつけるために女の髪をわしづかみにするような男とではなく、まともな男と生きていけるように。

母は自分自身にもまともな人生を歩むチャンスを与えられたはず。そして、誰にも邪魔されないベッドで、父と思う存分、セックスできたはずだ。そうすれば、ひょっとしたら私は娼婦にならなかったかもしれない。いえ、そんなことどうやったら確信できるだろう。たとえ私がそこにいなかったとしても、父は母に触れることはなかったかもしれない、母をひとり残して、世の中のすべての女性が一斉に死んでしまったとしても。私にはわかる、だって、その場所は私が取ってしまうずっと前から空いていたのだもの。そこが悲劇なの、私を殺すものは私が生まれる前からあった、だから、ベッドに私がいたことで両親に何が起こったかを説明しても遅すぎる。客と私を結びつけるもの、妻たちとできなくなってしまった男たちが私としたいこと、というか、妻たちとできないことすべてを私としたがるようになったこと、その点を考察しても遅すぎる。そもそも母ができなかったこと、父が母のためにしてあげなかったことに立ち返りたくない。

結局、私は誰に謝ればいいのだろう、それもわからない。多分、母に、それも確かではない、母のお腹に穴を開けて、その穴はそれ以来ずっと残って、男たちの注意を引いて、そのせいで母が失ったものを私が代わりにすべて受け取ったところでどうしろというの？　傷跡もなにもない、生まれたての新鮮なからだと、そのからだを丹念に観察する男。ベッドのうえで小さなからだを大きな足の裏に支えられて、私は天使のように背をそらせて、ブルンブルンとモーター音の真似をしながら飛行機のように左右にゆすってもらった。両手は大きな両手にまかせて。手錠、と父が呼んでいた私の小さな手。まだ本当の手になっていなかった年だから。いや、なにひとつまだ本当のからだじゃなかった、いずれは客の噛み傷なんかがついていくからだ。汗も生理も、疲れた表情に見せるものはなにひとつ知らなかった。それなのに、なぜ母の味方になれなかったことを謝らなくてはならないのだろう。物音を立てずにベッドの下にもぐり込んで、無視し合う両親はそのまま放っておくべきだった。そうだとしても、誰に謝る必要もない。そこが一番、悲しいこと。すべて私が望んだこと、父のことも、母のことも、なぜなら、人生はこうして作られていたから。それ以外は卑劣さと嫉妬でしかない、だから映画で見るようなカップルの話をしていたほうがいい。お互いの肩に頭をのせて、勝利とか栄誉とかの話で頭をいっぱいにして、実際に起こっていることには目をつぶっていたほうがいい。隣の人に自分たちのあえぎ声を聞かれているかもしれない、子どもがつま先立ちで部屋に入って来るかもしれないと思って興奮しながらセックスしている人のことは考えないほうがいい。

時々、自分のベッドで寝ることもあった。人形に囲まれたベッド。座らせると目を開き、寝かせると目を閉じる人形で、ミミちゃんとかミカちゃんという名前は一応あったものの、すべてをひっくるめて、お化けと呼んでいた。その人形たちのせいで私は眠れないことがよくあった。背中を向け、目を閉じた瞬間、人形たちがいっせいに嚙みついてくるのではないかと恐ろしかったからだ。

緑色の目と、足首まで届く長い髪。ピンクのドレスに白いエプロン。黒いエナメルの靴に白い靴下。ある晩、理由はわからないが、私が人形に囲まれて寝るのを父がいやがったことがあった。その晩、私は、両親のベッドには潜りこまず、両親の寝室のすぐ近くの廊下で寝た。すると母の声が聞こえてきた。どんな状況にせよ、母の声を聞くことに慣れていなかった私は驚いて、あわてふためいた。しかも母のその声は、私に向けられたものではなかった。もちろん当時は想像さえつかなかったけれど、両親はセックスをしていたのだ。今だからこそ、わかる。大学生になるのを待たずに、その時点で私は家を出るべきだった。リンゴとナシをたくさん詰めこんだ袋を持って、背中に揺れる三つ編みと、床をひきずる花模様のガウンと一緒に。そして、わけがわからずに頭の中で堂々巡りしているものすべてを消し去ってしまうために、家に火をつけるべきだった。ふたりがセックスしていたとき、私は同じ屋根の下にいながら、なんの役にも立っていないどころか、私の存在は両親とは無関係だった。気持ちよくて、あえぎ声が漏れてしまうほど、私のことなどすっかり頭から消えていたのだ。今でも時々、誰もいない部屋で、女性の笑い声のような声が聞こえてきて夜中に目覚めることがある。私はそこにはいないし、私には関係ない。そして母がエクスタシーに達する声が聞こえてくると、その声をかき消すことも、どうすることもできなくて、気が狂ったようになる。私はベッドから起きだし、テレビでもランプでも明かりという明かりをつけ、私の気を狂わせるために、タンスの中に身を隠している女がいるのかもしれないと、アパートの中を探し回る。

なぜ聞こえてくるのはいつも女性の叫び声なのだろう。なぜ、もだえたりあえいだりして声を出すのはいつも女性なのだろう。男性は自分を見世物にする必要はないから？　自分の叫び声で隣人を起こしたいと思うのは、いつだって女だ。女には自分のしていることを人に聞かせて、自分の色気とパワーで隣人を興奮させたがる習性があるのかもしれない。ほら、聞いて、私はこんなに気持ちよくイケるのよ。こんな声を人に聞かせられるのは私くらいでしょう。このあたりで男を勃起させられるのは私だけよ。あなたたちは、私のパワーを納得するために、壁に耳をくっつけているしかないわ。ああ、いいねえ、とかつぶやきながら、勃起するしかないのよ。

ばからしいと思われるかもしれないけれど、この事実は変えられない。自宅の裏や、扉のうしろ、隣の家で日常的に行われている男女の営みを邪魔することはできない。

だから、女性はポルノ映画の中で叫び声をあげる。だから客たちは私の割れ目に舌を這わせているあいだじゅう、うめいてほしい、叫んでほしいと言い続ける。でも、別に頼まれなくたって、どうせ叫ばないと、うまくいかないんだから叫ぶしかない。入れたり出したりしているあいだも黙っていると、どうしたんだ、どうして叫ばない、どうしてイカないんだと、うるさくてしょうがない。

私の快感のことなんて、なんにも知らないくせに。私が静かに、ひっそりとイケることも、イカないで叫べることも知らないくせに。それに、女が嘘をつくのは、女に対してだということも知らないくせに。男たちが知っていようがいまいが、信じようが信じまいが、どうでもいいけれど、大切なのは、ふたり女がいたら、ふたりのうちどちらがきれいか、しっかり見せるために、どちらか選んでその女にだけキスをする習慣をつけること。ひとりを寝室に入れたら、もうひとりは入れないけれど、その女にも覗けるように、扉を少しだけ開けておくことだ。「でも、ママ、どうして私は裸のパパを見てはいけないの?」「どうしてパパはママの裸を見てもいいの?」私のこの疑問には、誰も答えてくれなかった。というか、あなたのパパとママだから、あなたには権利がないのよ、とか、パパとママは望めばお互いの裸を見ることができるけれど、子どもたちは小さすぎるし、子どもたちの目は大きすぎるからね、とでも答えてもらったかもしれない。いずれにしても、どんな答えも不十分すぎたし、私の望んでいる答えではなかった。だから私は大きな声で、同じ問題について堂々巡りしながら、同じことを繰り返しているのだ。ひとつのベッドのうえの裸の男と女の悲劇を。そもそも、質問が適切でなければ役に立つような答えは返ってこないものだ。もっと単刀直入に両親に向かって聞くべきだったのだろう。「ねえ、パパ、ねえ、ママ、ふたりが裸を眺め合うべき場所だったのに、どうして私はふたりのベッドにいつもいたの」とか、「どうして私は、ふたりの快感のささやきを聞くために、扉の反対側にいなくてはならなかったの」と。あのとき両親は、わざとふたりして、いやらしいささやきやあえぎ声を私に聞かせたかったのかもしれない。

だから私は今でも、夜中に女の声で目を覚ます。私がいないところで交わされている両親の言葉を、ひと言も聞き逃すまい、ふたりを結びつけているものを見破ってやろうと焦りながら。

ふたりでいることの幸せをふたりがささやきあっていたからといって、真に愛しあっていたとはいえない。というか、ふたりがささやきあっていたことなんて、一度もないはずだ。

寝室に隣接しているピンクのタイルのバスルームは両親のためのもので私は入っていくのを禁止されていたが、そこでもささやきあったことなどなかったはずだ。ある晩、両親のベッドの毛布の下で、泣きながら、ふたりの話し声を聞いていたことがある。母が父に石鹸《せっけん》を取ってくれと頼むと、父は、この家のどこを探したって石鹸などひとつもない、切らす前に買っておくべきだろう、そもそも、おまえには、それくらいしかすることがないじゃないか、と母を責めたてていた。ふたりは声をひそめながらも、お互いを非難しあっていた。背中や胸、それに腿のあいだや性器を石鹸でこすりあうかわりに、押し殺した叫び声で自分たちの失敗をののしりあっていた。愛を語りあうこと以外なら、可能なことはすべてしていたはずだ。愛を語りあう、これはしなかった。これはしてほしくない。

たとえバスルームで裸になって石鹸でからだをこすりあっても、たとえ舌の先で乳首を舐めたりしても、ふたりは目を閉じ、お互いそれぞれに別の場所と別の相手を想像していたはずだ。夫でも妻でもなく、頭の中で別の名前を呼び、別のからだを思い描きながら。

それでも幼い私は、両親が実際は話をしていなくても、話をしている声を聞いていると信じる必要があった。ふたりが背を向けあって大急ぎで洗面を終えようとしていても、向かいあっていると信じる必要があった。パパとママは仲の良い夫妻と思いこむ必要があった。

パパとママが仲良しだから、だから私は両親のベッドにひとり残されて、絵本で読んだ貧しい孤児の話をひとりごとのようにつぶやきながら泣いていたのだと納得するために。気の狂った女たちが、生きていく術もわからないのに目の前に膨大な日々が横たわっていることに気付いたときにするように、足でマットレスを叩きながら、両ひざで頭を抱え、揺りかごのようにからだを前後左右に揺らしていたのだと納得するために。その幼い日以来、私は、公共のベンチで愛しあうカップルの茶番劇を目撃すると、震えが止まらなくなった。これからもずっと他人の不幸から身を守るためにひざを抱え、げんこつを突き出すだろう。私がいなくなるためにはスペースがありすぎる、眠るためには静かすぎる。これが人生なのだと信じるためには背中がありすぎる、なされなかったことに対して足踏みする音、長いモノローグ。

そして私が愛したすべての男たちは、ひざに抱え込んだ頭の中だ。人間のクズのように、のらくら生き延びている母の話や、快感を追い求めている父の話ばかり繰り返し、吐き気を催しながらソファのうえでのたうちまわっている私のからだに目を向けない分析医が好きだ。私は生身の女であって、ただの声じゃないことを思い出させるために立ち上がろうとするときも私を見ない。激しく引っ掻いてやれば、十年掛かって言葉が隠していることについて話し続けるより、あっというまに私の言いたいことが伝えられるかもしれない。その引っ掻き傷は、母親のおっぱいを探す赤ん坊の欲求と同じくらい激しいだろう。でも、目の前にいるときこそ私を見ないけれど、ひょっとしてバスルームにいる私の裸を想像して頭を抱えて眠れなかったり、私の語りを思いだして、妻に隠れてこっそりマスターベーションしているかもしれない。もちろん、知りようも聞きようもないことだけれど、でも万が一、彼が本当にそんなことをしていたとして、私がその事実を知ったとしたら、どうなるだろう。

もし私が不意に、彼のズボンに手を忍びこませ、ペニスを口に含んだら、どうなるだろう。彼のペニスを下から上へ、右から左へといじりまわしたら、私たちはエクスタシーに達するまでに、どのくらい時間があるだろう。雷に打たれて世の中の終わりとなるまでに。私にもわからないけれど、そうなったほうがいいのかもしれない、私たちふたりのあいだに何も起こらないことを理由に、私は死んだほうがいいのかもしれない。このままでは、幼い日、私が涙を流した、バスルームで両親が演じていたワンシーンの再演をすることになってしまう。いっそ、ふたりで向きあって愛を語りあう方がいい。ふたりで一緒にバスタブに身を沈め、お互いのからだに触れあうほうがいい。束の間でも、客と娼婦になってみるのがいい。客として彼が支払い、娼婦として私が奉仕する。彼が書物を閉じるとき、男として私の腕の中にやってくれば、私たちの役割は変わる。

でも、そんなことは起こらない。私が私である限り、決して起こりえない。しかも、死の側から人生に語りかけているあいだは。

訳者あとがき

松本百合子

ピュタン。

フランス語で売春婦、売女［ばいた］、尻軽女を指し、さらに、ちぇっ、くそ、えっ、などに相当する、驚き、不満、怒りを表す間投詞でもある。

二〇〇一年、このショッキングなタイトルでフランスの名門出版社スイユ社から刊行されるや、衝撃のオートフィクション（自伝的フィクション）として注目を浴び、その年のメディシス賞、フェミナ賞にノミネートされた話題作だ。

本書の著者、ネリー・アルカンは、ピュタンだった。カナダのモントリオールの大学で文学を専攻する現役のインテリ女子大生でありながら、同時に、高級娼婦として仕事をしていた。源氏名はシンシア。一日の平均六、七人の客たちを、ひとりの男――いや、一本のペニスを相手にしているのだと自分に言い聞かせながらイカせてあげて五百ドルという大金を手に入れる。

シンシアはまだ二十歳の若さだというのに目じりのシワを気にし、皮膚がたるんできたといっては整形外科医にかけこみ、週三回のジム通いも欠かさない。そして努力のたまものであるからだを売ってお金を稼ぎ、老化を少しでも遅らせるために散財を繰り返していた。彼女はそこまで若さと美貌、ことさら、男を誘惑することに執着していた。なぜか？　そこには両親への愛憎があった。自分を産んだあとに、「女」であることを捨て、夫に見向きもされなくなって寝てばかりいるようになった母親への憎しみ。一方、その憎しみの裏には、自分が生まれてきたせいで母親の若さと美しさを奪ってしまったのではないかという罪悪感があった。だから母親が果たせなかった、「男に愛され続ける女」でいる夢を自分が果たそうと、母親を背負い、母親を捨てた父親に復讐するかのように男たちと寝続けたのだ。

シンシアは娼婦として仕事ができなくなること、男を誘惑できなくなること、つまり、母親のようになってしまうことが怖かった。永遠の若さはありえないとわかっているから、心が不安定になり、世の中とうまく折り合いがつけられず、胸のうちを吐きだす場所として精神分析にも通うのだが、分析医にさえ本心をさらけだすことができない。そこで、自ら抱えこんだ矛盾の渦から抜けだすための最終手段として行き着いたのが、書くことだった。

ネリーは客を待つ部屋で、頭に浮かぶことを次々と書き留めていった。改行なしに十行も二十行も、とてつもなく長く続く一文。ひたすら洪水のように、心の混乱が、どぎつい言葉、身もふたもない表現、自己中心ともとれる堂々巡り、矛盾の連続となって吐き出される。ひとつの考察に着地しそうになっても最終的には死への願望に行き着く、暗黒のトンネルをさまようような、まるで彼女の精神状態、無力を映し出すような語り。

二〇〇六年に『キスだけはやめて』（ソニー・マガジンズ）という邦題で発売された訳書では、ネリーの激情と迷走する心の叫びをできるだけわかりやすく日本の読者に伝えたいという思いから、スイユ社の同意のもとに、語りに登場する主要人物ごとに章立てを作り、原書を改造した形をとっている。

それから三年後の二〇〇九年、ネリーは本書でも繰り返していた願望を実現するように、自ら命を断ってしまった。三十六歳という若さだった。処女作の『ピュタン』以降も書き続け、四冊目の『Paradis clef en main（パラディクレ アン マン）天国、鍵を掴んで』と題された、自殺をテーマにした小説が発売される直前だった。

日本での発売の二〇〇六年から十年以上の月日を経て復刊の機会に恵まれ、原書を読み直し、ネリーの激しくも痛々しい声と改めて向き合ううちに、これまでに例を見ない「規格外」の執筆スタイル、ネリー流の文学をこの機に知ってもらいたいという思いに至り、難解でよみづらい箇所もそのままに、日本語訳を原書の順序に戻した。美への執着、永遠の若さへの妄想、世の中への憎悪、自己嫌悪、こうしたことすべてにがんじがらめになり、死への願望を抱きながらも、それでもネリーは書くことによって救われると信じていたはずだ。女性という性を抱えて生きることに翻弄される苦悩、そのどろどろとした紆余曲折にここまで深く踏み込み、それを率直に書きつづることのできた女性は、ネリーが初めてだったのではないだろうか。まだまだ叫び足りない、書きたいことがあったはずだと思うと、残念でならない。

ネリーの語りの中に、人はなぜ首を吊って死ぬのだろうというくだりがある。「母犬にひょいっと首をくわえられる、警戒心も疑いもない、信頼のかたまりのような子犬になりたいから。そうだ、今まで気づかなかったけれど、なんという発見」少し茶化した書き方ではあるけれど、ネリーはそこまで信頼できる愛を渇望していたのだろう。高級娼婦として偽りのセックスにまみれながら、身も心もゆだねられる真実の愛を求めていたのだ。

ネリーが天国から、『ピュタン』の復刊を喜んでくれることを祈りつつ。

二〇一七年九月

本書は二〇〇六年、ソニー・マガジンズより翻訳刊行された『キスだけはやめて』を加筆・修正し、改題したものです。

なお、原書にあります差別的な表現に関しては、一部削除・修正をしております。

ピュタン

―偽りのセックスにまみれながら真の愛を求め続けた彼女の告白―

著者 ネリー・アルカン
翻訳 松本 百合子

2017年9月24日　第1刷

ブックデザイン　久保田友加
校正　聚珍社
企画　金子 学
編集　坂口亮太　志摩俊太朗

発行人　井上 肇
発行所　株式会社パルコ エンタテインメント事業部
〒150-0042 東京都渋谷区宇田川町15-1
電話 03-3477-5755
印刷・製本　図書印刷株式会社

ISBN978-4-86506-234-2 C0095
Printed in Japan